DARIA BUNKO

強引騎士の幸福な政略結婚

名倉和希

ILLUSTRATION 蓮川 愛

ILLUSTRATION
蓮川 愛

CONTENTS

強引騎士の幸福な政略結婚

陽光が小窓からさしこむ明るい浴室で、ジョゼフ・アシュワースは果実の油から精製されたという美肌効果のあるオイルを全身に塗りこんでいた。

毎朝の習慣となっている湯浴みとオイル塗りは、心を無にしないと面倒くさくてやっていられない。自分の手が届く範囲を塗り終わると、背中を専属従僕のスタンリー・コンラッドがやってくれた。

視界に入る自分の手足は白く、染みひとつない。全身の体毛が白金色なので、陽光が反射してうっすらと金粉をまいたように輝いている。手足の爪も手入れが行き届き、健康的な薄桃色をしていた。

ひとつ息をつき、小窓を見上げる。外はいい天気のようだ。初夏という季節は、大陸のやや中央に位置するこの国にとって、もっとも活動的になれる気候だった。ジョゼフのように十八歳で成人したばかりの貴族の若者ならば、友人たちと遠乗りにでも出かけることが楽しみになる時季だろう。

しかし、ジョゼフは美肌を保つため、外出する時間が制限されていた。

「これ、いつまでやらないといけないのだろうか……」

「嫁がれる日まで、あるいは婿に行かれる日まで、でしょうか」

ジョゼフが赤子のときから仕えてくれているスタンリーが、あえて淡々とした口調で答える。

最近とくにうんざりしてきたジョゼフは、似たような言葉を毎日のようにくりかえしていた。

何度おなじことをくりかえすのかとスタンリーは絶対に言わないし、下手に哀れんだりもしない。スタンリーは三十代半ばで、その黒い瞳にむやみに感情を表すことはなく、いつも冷静だ。静かに過不足なく世話をしてくれるおかげで、ジョゼフもあまり心を乱さずに済んでいるのかもしれない。

ジョゼフの父親でアシュワース家の現当主であるモーリスが、三男ジョゼフに良縁を求めるのには理由がある。建国からの歴史ある公爵家だが、領地運営がうまくいっておらず経済的に困窮しているからだ。

モーリスは三男二女に恵まれ、二人の娘はすでに国内貴族家に嫁いだ。その嫁ぎ先は娘たち本人が夫候補の人柄で選んだためアシュワース家と似たりよったりの経済状態で、援助は望めなかった。長男ルパートは跡取りとして同格の公爵家から嫁をもらった。二男は文官になり、官舎住まいで独身。結婚に興味はないらしい。末っ子の三男ジョゼフが、いったいだれに似たのか赤子のころから美貌で評判。モーリスは「この子がアシュワース家を救ってくれるかもしれない」と希望を抱いた。

裕福な家に婿として行くか、あるいは嫁として行くか。ジョゼフが婚家で気に入られれば、きっと実家への援助を望めるにちがいない。モーリスはそんな夢を抱いた。

ジョゼフが外見だけが取り柄のなにも考えていない男ならば苦悩などなかっただろうが、運悪く頭脳は明晰だった。十八歳まで通っていた王立学院では常に成績は一番だったし、体を動かす競技もうまかった。

卒業後、じつは高位文官の試験を受けて、官僚になりたいと思っていたのだ。学院の教師たちは、ジョゼフならば楽に試験に合格できると言ってくれていた。しかし父親が大反対した。

「家にいなさい。花婿、あるいは花嫁修業をして、自分磨きに精を出しなさい」

ジョゼフの結婚相手を、父親は何年も前から探しはじめていた。同性婚が認められているので、対象は男女両方だ。そこにジョゼフの意見は反映されていない。

父親だけが強権を発動しているのならばジョゼフは反抗しただろう。けれど母親から涙ながらに頼まれては、逆らいきれなかった。あちこちを切り詰める生活に、生まれながらの貴族の母親は疲れ果てていたのだ。自分が裕福な家と結婚すれば、母親が楽になる——。そう、自分に言い聞かせる毎日だった。

「さ、ジョゼフ様」

スタンリーがガウンを羽織らせてくれ、浴室を出た。鏡台の前に座ると、白金の髪、金色の瞳を持った細身の青年がそこにいる。髪と瞳の色は外国から嫁いできた母方の祖母から受け継いだらしく、この国では珍しい。幼いころから物珍しげに見られた。

細い鼻梁(びりょう)と小さな口は女性のような繊細さがあったが、首から肩にいたる骨格はまぎれもなく青年のそれだった。しかし平均的な成人男性より華奢(きゃしゃ)なのはたしかだ。鍛えても筋肉がつかなかったのは本人にとっては残念なのだが、三男をどこかへ嫁がせたいと思っている父親にとっては発達しすぎなくてよかったらしい。

背後に立ったスタンリーがブラシで髪を梳かしてくれる。白金色の髪は肩ほどの長さで、緩い癖があった。ブラシで丁寧に梳かせば、金色の艶が増していく。

「今日もお美しいです」

「そう、ありがとう」

スタンリーの口調はそっけないが、心からそう思ってくれているのは伝わっている。スタンリーはジョゼフが生まれたこのアシュワース公爵家の遠戚であるコンラッド男爵家の出身だ。三男誕生の祝いに訪れたとき、スタンリーは赤子のジョゼフを一目見て、「この方にお仕えしなければならない」と天啓を受けたという。その場でジョゼフの父親に懇願して、専属の従僕となった。コンラッド家からはしばしばそうした人物が出てくるらしい。以前はスタンリーの叔父がアシュワース家の家令の職に就いていたことがある。

「ジョゼフ様、お食事です」

自室の居間には朝食の用意が整っていた。一年ほど前からジョゼフの食事は美容に特化された献立になったため、両親や兄たちとは別に自室で食事をするようになった。

新鮮な果物と野菜が中心になっている。朝から肉をがつがつと食べたいとは思わないが、十八歳の若者の朝食にしては、いささか心許ないような気がしないでもない。しかし父親の命で厨房が用意しているのだ。仕方がない。

ジョゼフはまるで修行のように、野菜をよく噛んであじわいながら食べた。季節の果実はあたりまえに美味しい。食後のお茶を飲んでいると、執事が届いたばかりの手紙を運んできた。

「ユリシーズ様からだ」

わあ、とジョゼフは急いで開封した。

ユリシーズはこのルティエンス王国の王孫だ。ジョゼフより四歳年上の二十二歳で、子供のころから弟のように可愛がってもらってきた。ジョゼフには二人の兄がいるが、実兄たちよりもユリシーズに懐いている自覚がある。

手紙は、今日のお茶会への誘いだった。東国の稀少な茶葉が手に入ったという。

ユリシーズはまだ独身で、おなじく独身の兄アンドリューと二人で王都内にある離宮に住んでいる。庭園は薔薇が見事で、この季節は東屋からの眺めが素晴らしいことをジョゼフはよく知っていた。

稀少な茶葉も魅力的だが、なによりもひさしぶりにユリシーズに会いたかった。彼は王孫の中でも王太子の第二王子という立場で、二十歳を過ぎたころから政務に関わっている。社交的な性格をいかすためか外交を積極的に学んでいるらしく、半月ほど外遊へ出かけていたのだ。外遊の貴重な話を聞かせてもらえるのだろうか。楽しみだ。

「必ずお伺いしますと返事を出しておいてくれ」

「かしこまりました」

スタンリーにそう命じて、お茶を最後までゆっくり飲んだ。

今日のお茶会はどんな顔ぶれか、ジョゼフはあれこれと考える。外遊後なのでジョゼフのように土産話を楽しみにしている友人が多いだろうから、賑やかなものになるかもしれない。ユリシーズは友人が多くて、ジョゼフは彼らにも可愛がってもらってきた。年上の頼りになる紳士に目をかけてもらうのは嫌ではなかった。社交の場ではそれが役に立つこともある。

ただ、それが一部の貴族のあいだではやっかみの対象になってしまい、ジョゼフが「ユリシーズ殿下のお手つき」と噂されていた。それだけではなくユリシーズの友人たちとも深い仲になっていて、そういう意味で可愛がられているとまことしやかに悪く囁く輩がいることを、ジョゼフは聞いていた。

暇な貴族がジョゼフに嫉妬しているだけだとわかっていても、不愉快極まりない。そんな事実はないと否定して回るのも滑稽ではないかと思い、いまのところジョゼフはなにも対策を講じていなかった。

（そもそも私はまったく経験がないというのに）

ジョゼフは不満たっぷりで内心呟く。

同性異性問わず、ジョゼフはこれまでだれとも付き合ったことがない。子供のころからユリシーズが近くにいて守られていたせいか、実際にだれもジョゼフを口説いてこなかったのだ。ジョゼフもいままで恋愛に興味が持てず、学生時代はただひたすら勉学に励んでいた。そのうち嫁ぐことになって学んだ経験が無駄になるかもしれなくても、勉強が好きだったから。

ユリシーズが悪意のある噂を気にせず、態度を変えることなくジョゼフに接してくれるのはありがたかった。

午後に王子のお茶会という用事はできたが、このあとはバイオリンの稽古をしなければならない。どんな縁談が舞いこむかわからないので特技はいくつあってもいい、というのが父親の考えだ。おかげでジョゼフはバイオリンだけでなくピアノもできる。器用な方なので、どちらもそこそこの腕前になった。

教師として通ってきている音楽家は、自分が主催している楽団にジョゼフの加入を求めるほどだった。音楽で身を立てようと思っていなくとも、その教師の誘いは嬉しかった。努力が報われたと思った。

「……私の取り柄は顔だけでないはずだ……」

ため息まじりについ愚痴がこぼれてしまう。それをお茶のお代わりの用意をしていたスンタリーが聞いていた。

「もちろん、そうです。ジョゼフ様」

「……ありがとう」

お代わりのお茶を口に含む。スタンリーの短く整えられた黒髪を見遣った。

「おまえのように黒髪で黒い瞳だったなら、父上にそれほど期待されずとも済んだのだろうか」

「さあ、どうでしょうか。ジョゼフ様がジョゼフ様であるかぎり、髪の色や瞳の色で旦那様のお気持ちはあまり変わらないように思いますが」

下手な慰めを言わないところがスタンリーらしくていい。だろうね、とジョゼフは同意して苦笑した。

部屋着に替えて、屋敷内の音楽室へ移動しようとしていたときだった。スタンリーとは別の使用人が、父親が呼んでいると伝えてきた。領地に出向いていた父親が一昨日、この王都の屋敷に戻ってきて、昨日王城へ出かけたことは聞いていた。

「なんだろう」

ジョゼフにいい縁談があったから王都に戻ってきたのかもしれないと思っていたが、王城に呼ばれたのならちがうだろう。貴族間の結婚は両家の話がまとまってから国に届けるのが決まりだ。なにも決まっていないうちから王城へ行く必要はない。

とりあえずジョゼフは父親の書斎へ向かった。

「父上、ジョゼフです」

重厚な造りの扉をノックし、声をかけてから入室する。正面のどっしりとした机に、父親モーリスがいた。歴史を感じさせる書斎には、古い書籍やアンティークのランプなどが置かれていて、当主に威厳を与えている。

「父上、お呼びと聞きました」

「ああ、ジョゼフ」

モーリスは満面に笑みを浮かべて上機嫌だった。頬を紅潮させるほど父親を興奮させるなにかがあったらしい。

「喜べ、おまえの結婚が決まったぞ」

「えっ」

縁談ではないだろうと予想していただけに、ジョゼフは驚いた。しかもオススメの縁談がある、ではなく、結婚が決まったとは、いったいどういうことか。

「相手はレオナルド・バウスフィールドだ。ありがたいことに、王家から直々にお話をいただいた。王家肝入りの結婚とは、おまえは恵まれている」

「え、ちょっと待ってください。え?」

情報が多すぎる。小出しにしてほしい。

「私の結婚相手は、あのバウスフィールド家の嫡男、レオナルド殿ということですか」

「そうだ。バウスフィールド家は格下の男爵家だが、商売に成功して裕福だ。レオナルド自身は王国軍に所属する騎士。武勲を立てて騎士になった男だぞ。将軍の覚えがめでたいというから、今後も出世するだろう。これ以上ない結婚だ」

「王家が私の結婚をなぜ……。王族との結婚なら理解できますが、公爵家と男爵家ですよ」

「細かいことは気にするな」

「細かいことって……」

そこが重要だと思うのだが。

レオナルドの顔を思い浮かべて、ジョゼフは陰鬱な気分になった。父親が男女問わずジョゼフの結婚相手を探しているのは知っていたから、男へ嫁ぐ可能性は元からあった。だからジョゼフも覚悟をしていた。しかし、いざ可憐な淑女のもとへ婿に行くのではなく、屈強な体格をした騎士へ嫁ぐことになってみると、ジョゼフは怖気づいてしまっている。

そもそも、ジョゼフはレオナルドをよく思っていなかった。

彼とはじめて会ったのは三年前、ユリシーズ主催の夜会だった。

男爵家出身だったためレオナルドは上流階級が集まる夜会にはそれまで呼ばれていなかったのだが、その年、隣国との軍事衝突で武勲を立て騎士の称号を得たことから、祝いの意味でユリシーズが招待した。

最初にユリシーズが招待客たちに紹介したときのレオナルドは、騎士の正装を完璧に着こなし、腰に大振りの剣を佩き、威風堂々としていた。黒に近い黒褐色の髪は短く整えられ、濃い茶色の瞳はまるで猛禽類のように鋭い。

騎士といえば王族の身辺警護を担当する着飾った近衛騎士しか知らなかったジョゼフは、実戦経験のある本物の騎士の迫力に震えた。端的にいえば、格好よかったのだ。

ジョゼフにも男子にありがちの「体を鍛えて強くなりたい」と思う時期があったが、ぜんぜん筋肉がつかなかった。体質だから諦めなさいと、ケガを怖れた母親に宥められたものだ。挨拶だけでいいから言葉を交わしたいと、ジョゼフはレオナルドに近づいた。しかし。

「王子に愛玩動物扱いされて楽しいか」

冷たい目で見下ろされ、そう言われたのだ。

当時のジョゼフはまだ十五歳で、少年ぽさが抜けきっていない体型をしており、たしかにユリシーズに愛玩動物のように扱われていた。人前でも構わず、王子が親鳥のようにジョゼフにものを食べさせたり、膝に抱っこされたりしていた。

どんなふうに扱われても、ジョゼフはユリシーズに可愛がられていることが誇らしくて嬉しかった。そのころからすでに家の中では「いつか金のために婿に（嫁に）行く身」と目されていて、兄たちからも使用人たちからも遠巻きにされていたからだ。

ジョゼフはレオナルドの言葉に傷ついた。だがすぐに果敢に言い返した。自分より頭ひとつ分も背が高く、肩幅は倍以上、体重は三倍くらいありそうな十歳も年上の騎士に向かって。

「あなたには関係ありません。放っておいてください」

ぷい、と顔を背けてユリシーズのもとへ戻った。胸がムカムカしていた。だがレオナルドの失礼な言葉を、ユリシーズに告げ口することはなかった。そんなことをしたら、またレオナルドに馬鹿にされそうだと思ったからだ。

　どうせめったに会わない男なのだから気にしないでおこうとジョゼフは考えた。レオナルドは隣国との国境に配備され、実際めったに王都に戻ってこない。だがたまになにかの行事で見かけると、どうしても気になる。挨拶以上の言葉を交わすと嫌みしか言われないとわかっているのに。

「ジョゼフ、言っておくが、この結婚話は断れないぞ。王家から持ちこまれたものだからな」

「わかっています」

　ジョゼフは複雑な思いを呑（の）みこんで、父親に頷（うなず）いた。

　自室に戻るとスタンリーが気遣わしげな顔で待っていた。

「旦那様のお話はなんでしたか」

「私の結婚が決まったそうだ」

　王家主導の結婚話で相手はレオナルド・バウスフィールドだと伝えると、スタンリーはしばし唖然（あぜん）としていた。だがすぐに表情をあらためて背筋を伸ばす。

「では、私は本日からジョゼフ様の荷物の整理をはじめます。いつどのように挙式されるのか知らされても柔軟に対応できるよう、ジョゼフ様の体調管理はこれまで以上に配慮いたします」

「おまえに任せる」

「ひとつ、お願いしたいことがあります。ジョゼフ様の輿入（こしい）れに、私も連れていっていただけないでしょうか」

スタンリーの生真面目な顔を驚きをもって見つめたあと、ジョゼフは苦笑した。

「深窓の姫君でもあるまいし、専属の従僕を嫁入り道具のひとつとして連れていけというのか。しかも、わざわざ苦労するとわかっている場所へ」

嫁入り先のバウスフィールド家は成金の男爵家だ。現当主はレオナルドの祖父の元騎士。このアシュワース家とは家風もなにもかもちがうかもしれない。いったいどんな生活が待っているのか、いまの段階ではなにもわかっていない。

「私はジョゼフ様に仕えるためにアシュワース家に参りました。連れていっていただけないなら実家に戻るまでです。いい歳をして出戻ってきた私を、コンラッド家はさぞかし持て余すでしょうが」

めったに表情を変えないスタンリーが沈んだ声を出す。本気でついていきたいと願っているのだろうと判断し、ジョゼフは「おまえがいっしょならば心強い」と許した。

「なにがあろうと、誠心誠意、ジョゼフ様に尽くしていきたいと思っております」

「ありがとう」

ジョゼフはホッとした。長年そばにいてくれたスタンリーと離れるのは心許ないと思っていたのだ。

「それで、午後のお茶会の招待はどうなさいますか？」

「出席の返事はもう出したのだろう？　予定通りに行くよ。ユリシーズ殿下が私の結婚についてなにかご存じかもしれない。その話をするつもりで私を招いた可能性もある」

この結婚話には、なにか重大な理由があるにちがいない。

ジョゼフはそう冷静に考えていた。

「おまえの結婚が決まったぞ」

顔を合わすなり父親にそう言われ、レオナルドは眉間に皺を寄せた。ため息をついて、「唐突ですね」と視線を窓の外に向けた。

王国軍に籍を置く騎士のレオナルドは、国境警備の任に就いている。三日前、王都に住む父親ドナルドから「至急、戻れ」という手紙が届き、引き継ぎを最短で済ませて昨日の夜に駆け戻ってきたばかりだった。家族のだれかが突然の病で危篤状態にでも陥ったのかと心配していたのにそうではなく、朝になってから父親のこの話だ。

「決まったということは、俺の意思は丸無視ということなんですね」

「そうだ。なにせ王家からの斡旋だからな。断れない」

え、とレオナルドは瞠目した。

「なぜ王家が俺の結婚を？」

当然の疑問に、ドナルドは「さあ？」と首を捻った。その首はレオナルドと血が繋がった親子とは思えないほどに細い。元騎士の祖父に似て鍛えたら鍛えたぶんだけ屈強になったレオナルドとちがい、父親のドナルドは筋肉がつかない体質なうえに背だけが伸びたひょろりとした体型をしている。

少年時代に「向いていない」とあっさり騎士への道を諦め祖父の期待を裏切ったドナルドは、王立学院で商科を専攻した。卒業後に商売をはじめたらこれが当たり、つぎつぎと手を広げ、いまでは王都内で一、二を争う財産を築き成功者となった。ほんの三十年ほど前までは貧乏な男爵家だったバウスフィールド家だ。貴族界隈では成金と揶揄されているが、ドナルドは家族に裕福な生活を送らせることができて満足しているようだ。かくいうレオナルドも、父親に資金を提供してもらって好きな武具や名馬を購入している。祖父も武術を教える道場を建設してもらい、近所の子供たちを集めて賑やかな生活を楽しんでいた。

「王家が男爵家の結婚に口を出してくるなんて、おかしいとは思わなかったんですか」

「思ったが、相手を聞いて黙るしかなかった」

ニヤリとドナルドが笑う。父親がこんな顔をするということは、ずいぶんと理想的な相手らしい。

レオナルドには二人の妹がいた。二人とも成人してすぐに、父親にとって都合のいい商家に嫁いでいる。将来的に取引が円滑に進むようにという思惑が両家にあったわけだが、妹たちはそれなりに幸せそうに暮らしているらしいので、それはそれでよかったと思う。

問題はレオナルドだ。ドナルドは長男には家柄のいい相手をあてがいたいと考えた。

金はもうじゅうぶんある。娘二人は家のために役に立ってくれた。だからこんどは、箔が付くような家柄重視の相手を息子に娶らせたいと思ったのだ。

いままでいくつもの縁談がレオナルドに提示された。すべて格上の家の娘だった。そのうちの何人かと実際に会ってみたが、レオナルドはまったく興味が湧かなかった。だれと会っても、脳裏に浮かぶ人物と比べてしまうのだ。髪の色や瞳の輝きがちがう、肌の質感もちがう、笑い方がちがう。

彼女たちの紅を塗りたくった口が話すのは、社交界の噂話ばかり。うんざりだった。

そしてレオナルドはだいたい我慢できずに、「媚びたような目つきが気持ち悪い」とか「化粧の匂いがきつい」とか、「もっと実のある話をしてくれ」と本音を口にしてしまい、見合い相手を怒らせて終わった。

おかげで二十八歳になるこの年まで独身だ。べつに寂しいとは思わない。身軽で結構だ。

「相手はだれなんですか。まさか王族じゃないですよね」

「馬鹿なことを言うな。王族じゃない。なんと、アシュワース家の三男だ」

「……え……？」

めったなことでは自失しないレオナルドだが、はじめてといっていいほど驚愕して動けなくなった。

「おまえの嫁は、ジョゼフ・アシュワースだ」

ドナルドの満面の笑みに、レオナルドは思わず「嘘だろ」と口の中で呟いた。

ジョゼフとは王子主催の夜会や国の公式行事などで何度か会ったことがある。レオナルドより十歳も年下で、学院を卒業して成人したばかりのはずだ。

「え、ちょっと待ってください、父上。俺の相手がジョゼフ？　本当ですか？」

「嘘じゃないぞ。ジョゼフだ。あのジョゼフ。美貌で有名なあのジョゼフ。なんと公爵家から嫁にもらえるなんて、これ以上の縁談はない。しかもアシュワース家は経済的に困窮している。少し調べてみたが、アシュワース家の領地は数年前の不作による困窮から立ち直れていないらしい。私の方から取引を持ちかけて優遇措置を取ったり、経営に関する助言をしたりしようと思う。新事業の共同運営も持ちかけて、支度金としてまとまった金額を援助すれば、きっと感謝してくれるだろう。嫁の実家とはいい関係でいたい」

ドナルドは小躍りしそうなほど浮かれている。たしかに家柄だけ見れば好条件だ。しかし。

「父上、ジョゼフはユリシーズ殿下の愛人といわれています。殿下はすべて納得しているのですか。もしかして、それもあって王家は殿下と引き離すために俺にジョゼフを下げ渡そうとしているとか？」

「おまえ、社交界に疎（うと）いくせに、そんな噂を知っていたのか」

「そのくらいは知っています」

「殿下とジョゼフ殿の関係が噂通りだとしても、それがなんだというんだ。この縁談は断れない。おまえは広い心でジョゼフを受け入れ、末永く連れ添え。殿下の愛人とか下げ渡すとか、王家とジョゼフに失礼な言葉を二度と使うんじゃないぞ。ちなみに離婚もできない。王家の顔に泥を塗ることになるからな」

　びしっと指を突きつけられ、レオナルドは黙った。

　結婚。しかもジョゼフ・アシュワースと。

　よりによってジョゼフと。

　レオナルドがどの令嬢と見合いしても比べてしまう人物というのは、ジョゼフだった。

　はじめて会った三年前から、レオナルドはジョゼフのことが気になって仕方がなかった。そのときジョゼフはまだ十五歳。けれどすでにユリシーズのお手つきだと噂されていた。王太子の王子二人が住む離宮は、お茶会と称して昼間からジョゼフを数人がかりで性的に可愛がるいかがわしい集まりだと聞いたこともあった。

「おまえ、結婚相手に処女性を求める男だったのか？」

　父親にしかめっ面で問われ、レオナルドは口ごもる。具体的にそうした理想を掲げてはいなかったが、もしかしたらそうだったのかもしれない。

「女性ならともかく、成人までまったく経験がない貴族の子弟などいないだろう。いいじゃないか。発想を切り替えろ。ジョゼフが経験豊富なら、素人童貞のおまえを上手に導いてくれるだろう。閨が楽しみな結婚生活になるぞ」

ムカッとめちゃくちゃ腹が立った。事もあろうに息子を素人童貞呼ばわりとは。それが事実とはいえ、言っていいことと悪いことがある。

「話がそれだけならば、失礼します。無理を言って国境警備を抜けてきましたので、すぐに戻らなければなりません」

レオナルドが踵を返すと、ドナルドが慌ててつけ加えた。

「待て。もうひとつ伝えておかなければならないことがある。おまえは部隊とともに異動が命じられる。王都の警備に配置換えだ」

「なんだって？」

さすがに声が裏返った。配置換えは予想していなかった。だが考えてみればあり得る話だ。

「王家が早々に、王国軍へ辞令を出すよう手を回すことになっている。おまえは結婚後しばらくのあいだ王都にとどまって新婚生活を送るんだ。新居は私が用意する。じつは手ごろな物件があってな。使用人も厳選して揃えておくから、なにも心配いらない。おまえはとにかくジョゼフとうまくやることだけを考えろ」

我が親ながら息子の性格をよく理解している。レオナルドは十五歳のときから軍隊生活で、そうした私生活の段取りはたぶん苦手だ。というか、やったことがない。

「わかりました。頼みます」

「任せておけ」

笑顔のドナルドに呆（あき）れつつ、父親の書斎を辞した。

自分の部屋に戻るなりレオナルドは装備を身につけ、国境に向けて出発した。丸一日かけて国境近くの駐屯地（ちゅうとんち）に戻ると、すでに深夜だったが副官のマリオン・オルコットが宿舎の前で待っていた。

銀色の長い髪を首の後ろで括（くく）り、目尻がやや吊り上がった細い目の持ち主だ。すらりと細いわりに豪腕で、平民出身ながらレオナルドとともに武勲を立てて出世した。

「おかえりなさいませ。ご実家でのお話とは、なんでしたか」

急な呼び出しだったので気にしていたのだろう、レオナルドを出迎えてすぐに尋ねてきた。

宿舎の廊下はランプが等間隔に灯（とも）されていて明るい。国境警備は昼夜交代で行われているため、宿舎が真っ暗になることはなかった。

「結婚話だった」

レオナルドに与えられている部屋までついてきたマリオンに、簡単に事情を説明する。

あまり動揺を表情に出さないマリオンが、驚いたように細い目を見開いた。

「あのジョゼフ・アシュワースと結婚、ですか？」

つい苦笑がこぼれる。マリオンもあの噂を知っていたらしい。平民出身とはいえ貴族階級の騎士の副官にまでなった男だ。あらゆる情報を集めているのだろう。

「そうだ。決定事項として父から聞いた。王家主導なので断れない」

「……なるほど。では、近いうちに異動の辞令が下りますね？」

さすが話が早い。マリオンは数瞬であらゆる可能性を考えたらしい。

「王都警備に異動だ。おそらく部隊ごと」

騎士であるレオナルドは、二百名の中隊を率いる隊長でもある。この二百名を引き連れて王都へ配置転換されるのだ。異動は珍しいことではないが、レオナルドの部隊は五年間も国境警備を任されてきた精鋭揃いだった。そのほとんどの兵士たちは王都出身で、ひさしぶりの故郷配置に喜ぶ者は多いだろう。

しかし国境には不安が残る。隣国ノヴェロ王国との不和は、国境に常に緊張をもたらしているからだ。二百名規模の中隊が五つ、合計一個大隊一千名がノヴェロ王国との国境を守っている。有事の際、後任の部隊が冷静に対応できればいいのだが。

「俺たちと交代でどこの部隊が寄越されるかは、まだ聞いていない」

「わかりました。私たちはいつ辞令が下りても対応できるよう、準備をしておきます」

頼む、と頷きながら、レオナルドはぽろりと「はたして俺にジョゼフが御せると思うか？」と弱音を吐いてしまった。マリオンを信頼しているが故だ。

マリオンはひとつ息をつき、「隊長」と呆れたような声を出した。

「私になにを相談されているんでしょうか」

「いや、すまん。つい本音が漏れた。俺は軍隊生活が長くて、おまえたちとしか親交がなかっただろう？　公爵家の息子、しかもあのジョゼフといったいどう暮らしていけばいいのかさっぱりわからん」

「私だってわかりませんよ。私は独身ですし、あなた同様に軍隊生活が長くてまともな人付き合いなどできていません。相談相手としては不向きです」

それはそうだ。マリオンも似たような生き方をしてきた。

「まあでも、男同士ですし、いい大人ですし、話し合えばきっとわかりあえます」

なんの慰めにもならない言葉をもらい、レオナルドはため息をつきつつ顔を上げた。

「そうだな、なんとかなるだろう」

「なんとかなりますよ。というか、なんとかしてください。あなたが王家の不興を買って降格にでもなったら、私もとばっちりを喰うかもしれません。もし私だけは現状維持できたとしても、あなた以外の人の下につくのはいやです」

澄ました顔でそんなことを言うものだから、レオナルドは部下のためにも結婚生活を頑張らねばと思った。

ユリシーズは結婚話の経緯をなにか知っているかもしれない、というジョゼフの予想は当たっていた。

◇

午後、指定された時間きっちりにユリシーズの離宮へ出向くと、招待されたのはジョゼフ一人だった。初夏に咲く薔薇が咲き乱れる庭園の東屋で、ユリシーズは心地よい風に吹かれながら待っていた。そばにいるのはジョゼフも顔見知りの侍従が一人だけ。外遊から戻ってきたばかりなのに、ユリシーズは友人たちを一人も呼んでいなかった。この離宮でいっしょに暮らしている兄のアンドリューもいない。

「やあ、ジョゼフ」

読んでいた本から顔を上げ、ユリシーズが親しげな笑顔を向けてくれる。立ち上がった茶褐色の髪と瞳の王子は、ジョゼフより頭ひとつぶんは背が高い。目鼻立ちがくっきりとして、やや鋭い目の持ち主だが感情的になったところを見たことはない。兄思いで、ジョゼフに対してはとても愛情深い。

ジョゼフとは四歳も離れているため、学院での様子はほとんど知らない。ただユリシーズの評判は高く、教師たちは口を揃えてとても優秀だったと褒めていた。次期王太子候補の兄アンドリューよりも、と。

「おひさしぶりです、ユリシーズ殿下」

「元気そうだな」

「お茶会のご招待、ありがとうございます。今日は私ひとりですか？」

「……話がある」

やはり、とジョゼフは黙って東屋の椅子に座った。侍従がすかさずお茶を淹れてくれ、静かに去っていった。あらかじめ人払いを命じてあったのだろう、東屋の周囲から人けが消えた。

ユリシーズはしばらくジョゼフがお茶を飲む様子を眺めていた。

「美貌にますます磨きがかかってきたな、ジョゼフ」

「ありがとうございます」

「本当に嬉しいとは思っていないくせに」

ユリシーズがフッと笑う。ジョゼフも笑った。

「公爵から結婚の話は聞いたか？」

「はい」

人払いの理由は、やはりその話だったか。

「王家から提案された縁談だと聞きました。私は突然のことで驚きましたけれど、つつしんでお受けいたします。殿下はこの縁談がいったいどういう経緯で生じたのかご存じですか？」

ジョゼフは率直に尋ねた。しばし考えこんだのち、ユリシーズがおもむろに口を開いた。

「兄上のこと、ジョゼフはどう思っている？」

「アンドリュー殿下のことですか？」

なぜジョゼフの結婚話から次期王太子の話に飛んだのかわからなかったが、問われたことを素直に答えた。

「アンドリュー殿下は思慮深く温和な性格でいらして、次期王太子というお立場にふさわしいお方だと思っております。ご幼少のころは病弱でいらしたそうですが、私が親しくさせていただくようになった時期からはとくに体調を崩されたという話は聞いておりません。現在、王太子殿下のもとで国政についての経験を積んでいらっしゃいます。努力を惜しまないその姿勢を、尊敬いたします」

嘘はなにひとつ言っていない。ジョゼフはユリシーズだけでなく、アンドリューも慕っていた。アンドリューは戦乱の世ならばいささか頼りない性格かもしれないが、三百年の治世が続いているこの時代ならば、なんら問題はないだろう。むしろその温和な性格で平和を保っていってほしい。

「今日はお出かけしておいでですか？」

もし離宮内にいるのならば挨拶だけでも、と思った。

「おまえの結婚話は、じつは兄上が原因だ」

突拍子もないユリシーズの発言に、ジョゼフはきょとんとした。なぜこんな場で冗談を、とジョゼフは笑おうとしたが、ユリシーズにはふざけた雰囲気はまるでない。真顔でジョゼフをまっすぐ見つめてくる。

「殿下、あの、どういう意味でしょうか？」

「兄上は今年二十五歳になられた。しかし、まだ婚約者もおいでではない。私自身もそうなので大きな声では言えないが、王太子の長子として結婚が遅すぎるとは思わないか」

「それは、まあ、そうですけど」

王族の結婚に臣下が口を出せるわけもなく、身分とか年齢とか、アンドリューにふさわしい女性が見つからないのかなくらいに思っていた。ジョゼフはとくに重大な問題だと考えたことはない。けれど王族のあいだではそうではなかったということか。

「たしかに兄上は幼少のころ、病弱であられた。そのせいで一時は私が次期王太子候補にまつりあげられそうになったことがある。けれど成人するころには体が丈夫になられ、いまはごく普通に生活しておいでだ。いままでの王族は成人時には婚約が発表され、二十歳あたりで結婚するのが慣例だった。兄上の場合、幼いころに病弱だったせいで、まったく婚約者の選定がされていなかった。成人後、慌てて周囲が結婚相手を選びはじめた。将来の王妃だ。吟味に吟味を重ね、なかなか婚約者候補は絞られなかった。やっと数名まで絞られて、二年ほど前から兄上に薦めはじめていたのだが——兄上の反応が芳しくなかった」

ユリシーズは大きなため息をつき、テーブルに肘をついた。その視線は遠い。

一時期、兄であるアンドリューを差し置いてユリシーズが次期王太子に推されていたことは聞いている。それほどアンドリューは幼児期に病弱で、いつ儚くなるかと危惧されるほどだったらしい。

いまでも王族はアンドリュー派とユリシーズ派に分かれている。ただ当事者である兄弟はひとつの離宮で仲良く暮らすくらいに、おたがいを信頼しあっていた。ユリシーズも国政を学んでいるが、それはいつか兄が玉座に即いたとき、支えられる存在になりたいからだと公言している。そんなユリシーズのことも、ジョゼフは尊敬していた。

「兄上はなんだかんだと理由をつけては花嫁候補の令嬢に会われず、会われたとしても意図的に会話を弾ませようとはなさらず……。まるで結婚したくないかのように、振る舞っておられた。私は、だれにも言えなかったが、兄上の気持ちを察していた」

「アンドリュー殿下のお気持ち、ですか？」

「兄上は、おまえを好きでいらっしゃるんだよ」

えっ、と硬直する。驚愕のあまり動けなくなったジョゼフに、ユリシーズは苦笑した。

「その様子だと、まったく気づいていなかったみたいだな」

「それは、はい……まったく……」

ジョゼフは急いでアンドリューとの交流を思い出す。会うとかならず笑顔で話しかけてくれ、ときには本や花などを贈ってくれた王子。ジョゼフが学院での日常や課題について話をすると、いつもちゃんと聞いてくれた。春の日だまりのような、優しい笑みを浮かべて。

「アンドリュー殿下が、私を……？」

「そうだ。かなり前からね」

ユリシーズは冷めはじめたお茶をぐいっと飲み、またテーブルに肘をつく。

「ただ、兄上はおまえとの関係を変えようとは思っておられない。年上の友人という立場を大切になさりたいのだろう。けれど、実際にご自分がどこかの令嬢と結婚するとなると、なかなか踏ん切りがつかないご様子だ。そのお気持ちがわかるだけに、私は兄上に結婚を急かすような言葉をかけることができない」

「気持ちがわかるって、まさか、殿下も私を？」

ギョッとして身を引くと、ユリシーズが声をたてて笑った。

「いやいや、私はちがうよ。おまえのことは可愛いけれど、性愛の対象にはしていない。結婚していないのは、たんに順番としては兄上が先だと思っているだけだ」

はっきりそう言ってもらえて、ジョゼフはホッとした。

「兄上に長年仕えてきた侍従がいるのだが――」

笑いを引っこめて、ユリシーズが話を戻す。

「私が気づいたように、兄上の気持ちを察していたようだ。兄上を思いやって胸の内に秘めていたらしいが、二十五歳という年齢を考えると潮時だと思ったのだろう。その侍従が父上に打ち明けた。賢明な父上は、兄上に問い質したりはしなかった。そこはありがたかった。そして父上は、おまえの結婚を画策された。つまり、ジョゼフが結婚してしまえば諦めがついて、兄上が自身の結婚話を進めてくれるだろうとお考えになったわけだ」

あー…なるほど、とジョゼフは腑に落ちた。

アンドリューにジョゼフを諦めさせるため、別の人間と結婚させる。たしかに良案かもしれない。ただしなぜそれが男との結婚で、しかもレオナルドなのか。ジョゼフのアシュワース家が経済的に困窮していて、レオナルドのバウスフィールド家が裕福だから、おたがいの利害が一致すると単純に考えたのだろうか。

ジョゼフとレオナルドは十歳も離れている。しかもレオナルドは生粋の軍人だ。あの筋肉自慢の騎士と、ほぼ深窓の令嬢のように美容に励んできたジョゼフが、まともに夫婦としてやっていけると王太子は本気で思ったのだろうか。

ジョゼフは王太子に問い詰めたくなったが、そんなことできるはずもなく。

「レオナルドとは何度か会ったことがある。真面目で頼り甲斐のある男だ。軍隊生活が長かったせいで繊細さは欠くが、悪い男ではないだろう」

ユリシーズの言葉に、ジョゼフは頷くしかない。

「いろいろと言いたいことがあるだろうな。だがどうか呑みこんで、結婚してくれ」

「私はお受けしますと申しあげました」

「そうだな。おまえは繊弱そうな見かけによらず、大変に図太くて潔い。その思いきりのよさを、私は気に入っていた。これからもおまえらしく生きていってほしい。結婚生活でなにかあれば、愚痴くらいなら聞いてやるから、できるだけレオナルドとうまくやって末永く連れ添ってくれ」

「はい。頑張ります」

「兄上のためにも――いや、そんなこと言ってはいけないな。ジョゼフ自身のために、幸せになってほしいと思っている」

「ありがとうございます」

ジョゼフはユリシーズが話してくれた事情に納得した。

そもそも貴族として生まれたからには、家の事情で結婚するのはごく普通のことだ。

相手がだれであろうと、自分なりの幸福な結婚を追求していこう。レオナルドを少しでも理解できるように努力して、末永く寄り添いあって、幸せになってみせようじゃないか、とジョゼフは顔を上げたのだった。

◇

レオナルドは国境で父親からの手紙を受け取り、自分の結婚式が一カ月後に決定したことを知らされた。

　両家が結婚を受け入れたため、恐ろしいほどの速さで準備が進められている。当事者であるレオナルドは蚊帳の外だ。王都から遠く離れた場所にいるので仕方がない。父親が万事つつがなく対応してくれているだろう。

　ジョゼフとは一度も顔を合わせていなかった。

　彼がいったいどんな気持ちでいるのかわからず、レオナルドは落ち着かない。いままでの二人は、お世辞にも友好的な雰囲気ではなかった。おもにレオナルドの態度が悪かったように思う。

「だって仕方がないだろう。あっちはただでさえ公爵家の子息なのにキラキラしい美貌の持ち主で、さらにユリシーズ殿下の寵愛を受けているのを笠に着ていつも澄ました顔をしていたんだぞ。ムカつくのが当然だ。俺は悪くない」

「それを私に言ってどうするんですか」

　マリオンが冷たい目を向けてくる。

「ただの愚痴だ」

「はいはい、無駄口叩いている暇はありませんよ。ほら、さっさと書類を読んでサインしてください」

　どっさりと机に書類の束を置かれ、レオナルドはうんざりとした。

子供のころから騎士に憧れを抱き、剣の稽古をはじめてからもずっと騎士を目指してきた。二十五歳で晴れて騎士の称号を得たときは、二十年の努力が報われたと晴れやかな気持ちになったものだ。

しかし現実はこれだ。王族の警護を任務とする近衛騎士は別として、軍に所属する騎士は中間管理職。他の隊と連携を取り、国境警備の計画書から兵士の勤務表作り、そして警備報告書までも中隊長が作成する。机にかじりついて書類の処理をする時間が非常に長かった。

とはいえ、レオナルドがたった一人でやっているわけではない。副官のマリオンもいるし、その他、はるばる国境まで交代で赴任してくる文官もいる。兵士の給料計算は文官の一部が担当してくれていて、そちらはレオナルドがやらなくても済むのでありがたい。

つい先日、正式に辞令が下り、レオナルドの部隊は王都警備に配置換えすることになった。二百名の中隊が一気に王都へ戻るわけにはいかず、二、三十名ていどの班で順次、国境を発つ。入れ替わりに別の部隊が数十名ずつ国境へ送られてくることになっていた。

引き継ぎの業務が非常に面倒くさい。とにかく書類が多すぎる。

「こんなもの口頭で引き継ぎを済ませればいいのに」

「そういうわけにはいきません。二百名ぶんの名簿の確認はもちろんのこと、備品の移動に関する書類も大切です。剣一本でもおろそかにできません。そうした部分を曖昧（あいまい）にすると横流しなどの不正が生まれてしまいます。この書類の多さは、我が軍がすべてをしっかり管理しているという現れです」

「いまさらおまえにそんな初歩的なことを説明されなくともわかるわ」

「だったら黙って書類を読んでください」

レオナルドはむっつりと口を噤んで書類に向き直った。しばらく雑務をこなしていると、マリオンが「そろそろ時間ですね」と時計を見た。二人で執務室を出る。

国境に王国軍の重鎮がやってきた。

「出迎えご苦労、バウスフィールド中隊長。レオナルド、元気そうだな」

周囲を守る騎士たちが乗る馬より一回りは大きな軍馬に跨がり、ルティエンス王国軍の将軍ハーラディーンが張りのある声を出す。四十代半ばになっても筋骨隆々とした肉体を保ち、重量のある黄金色の鎧をつけていながら跳ぶように軽々と馬から下りてきた。

ハーラディーンが国境警備の駐屯地を訪問するのは、三カ月ぶりだった。レオナルドも将軍に会うのは三カ月ぶりだ。

「将軍もお元気そうでなによりです」

ハーラディーンが兜を脱いだ。頭髪は白髪まじりの茶髪で、瞳は紅茶色。気さくな笑顔でレオナルドの肩を叩いてくる。

「長きにわたる国境警備、ご苦労だった。しばらくは王都でゆっくりしろ。まあ、おまえにとっての新婚生活がどうなるかわからないから、ゆっくりできるとは限らないが」

ニッと意地悪く笑うハーラディーンに、レオナルドは苦笑いを返す。

「挙式が来月と聞いた。ギリギリまで王都に戻らないつもりか？　部下は班ごとに交代しているのだろう。おまえも先に戻ればいいではないか」

「いえ、自分は最後で構いません。式と新居の準備はすべて父に任せています」

「結婚相手と相談しなければならないことはないのか？」

「なにを相談すればいいのかすらわかっていませんから」

意表を突いたことを言ったつもりはなかったのに、ハーラディーンは目を丸くした。

「おまえ、そんな状態で結婚して大丈夫か？　私は会ったことがないが、相手はあの噂のジョゼフ・アシュワースだろう？」

「そのようです」

「まるで他人事みたいだな」

その通り、まだ現実味がなくて他人事としか思えていない。

「おまえ自身の移動が挙式ギリギリでも構わないから、数日でも王都に戻るか？　やはり準備の様子を少しでも見てきた方がいいと思うのだが。休暇をやるぞ？」

将軍はいささか心配になってきたのか、レオナルドにそんなことを言ってくれる。

ハーラディーンはかつてレオナルドの祖父の部下だった時期があったらしい。戦場では命を助けられたこともあったとか。

そのため孫のレオナルドをことのほか気にかけてくれている。ハーラディーンは侯爵家の出身で、男爵の祖父をそこまで敬う必要はなかったと思うのだが、若かりしころに受けた恩は忘れないという律儀(りちぎ)な人物だった。

そんなハーラディーンは身分に関係なく武勲を立てた者を昇進させることを信条としており、兵士たちから絶大な信頼を得ている。レオナルドもハーラディーンを心から敬愛していた。

「いいえ、休暇は必要ありません。大丈夫です。挙式後、三日間の休みをいただいておりますので」

「いやいや、それは新婚生活を無難にはじめるためのもので——」

途中で言葉を切り、ハーラディーンはひとつ息をついた。

「まあ、なんとかなるか」

「なんとかなります。父からも当初は帰省を促す手紙が届いておりました。ジョゼフと交流を図れとか、婚礼衣装のために採寸をしたいだとか。衣装なんて着られればなんでもいいですし、ジョゼフと会ってなにを話せばいいんですか。ただでさえ結婚相手がジョゼフと決まって、ときどきなにも手につかなくなるほどなのに——。ここで朝から晩まで引き継ぎの仕事をしていた方が、心が穏やかになります」

「ん？　どういう意味だ？」

「わずかでも心の余裕ができると、ジョゼフのことばかり考えてしまって心がザワつくのです。

さきほども気が緩んだ隙に余計なことが頭を過り、嫌な気分になりました」

大真面目に心情を打ち明けたのに、ハーラディーンと隣で話を聞いていたマリオンが唖然とした顔になった。

「おまえ、それって……」

「将軍、ちょっと」

なにか言おうとしたハーラディーンをマリオンが引っぱっていってしまう。レオナルドに声が届かないところまで離れると、ひそひそと話をした。感じが悪い。いったいなんだ、と不審に思いながら待っていると、二人は温い笑顔を浮かべながら戻ってくる。

「レオナルド、余計な口出しをしてすまなかった。そうだな、なんとかなるだろう」

「そうです、なんとかなります。ジョゼフのことは父にすべて頼みました。父は口がうまいし、あらゆる面でやり手なのでなんとかしてくれるでしょう」

「あああ、そうだな。どうせ結婚してしまえば時間は山ほどあるから、ゆっくりとおまえたちなりの夫婦関係を築いていけばいい」

将軍はそんなことを言い、その横でマリオンは頷いている。なにか含みがありそうな二人の様子にもやもやして問い詰めたくなったが、かといってなにを聞きたいのか自分の中ではっきりと見えてこない。

レオナルドが戸惑っていることを察したのか、ハーラディーンが「このあと時間はあるか」

と尋ねてきた。

「ひさしぶりに剣の相手をしてくれないか。私はもういい歳だが、まだまだいけるぞ」

「本当ですか」

パアッと気分が晴れる。ハーラディーンと剣を交えるなど、一年ぶりくらいかもしれない。

「ぜひ、ご教授願いたいと思います」

「大袈裟だな。技術も体力も、とうにおまえが上だろうに」

「そんなことはありません」

そうだ、気持ちが沈むときは体を動かせばすっきりするものだ。ここのところ異動関連の書類仕事ばかりだったので、運動不足だったのかもしれない。

「その前に腹ごしらえがしたい。馬上で携帯食を口にしただけなので空腹なのだ」

「もちろん用意ができております。兵士たちとおなじ料理ですが。三カ月ぶりの粗食をお楽しみください」

「おお、それは楽しみだ」

機嫌をよくしたレオナルドは、ハーラディーンを食堂へと促した。


そんなこんなで、とうとう挙式の日がきた。

純白の騎士服に身を包み、レオナルドは姿見にうつる自分を見つめる。花婿としての体裁は整っているように思う。針子が徹夜で仕上げた衣装は、レオナルドの体にぴったりだった。

レオナルドは一昨日の深夜、国境から王都の実家に帰郷した。待ち構えていたのは父親ドナルドと数名の針子たち。実家に置きっぱなしになっていた騎士服を見本にして隅々まで計り、婚礼衣装を仕立てたらしいが、レオナルドが一度も赴任地から戻らなかったために微調整ができていなかった。そのため待っていたのだ。

ドナルドが金に物を言わせて集めた一流の針子たちは、「ああ、胸囲が二センチも太くなっています」「太腿（ふともも）も一センチ増ですね」とぶつぶつ言いながらレオナルドの体を弄（いじ）くり回したあと、サッと去っていった。

翌日は朝から結婚式当日の説明を受けた。父親から式次第を渡されて段取りを覚えさせられ、新居まで連れていかれて屋敷中を案内され、厳選したという使用人たちを紹介された。その中にジョゼフの専属従僕がいた。

三十代半ばというスタンリーは、コンラッド男爵家出身らしい。レオナルドのバウスフィールド家とは同格の家だ。なぜ侯爵家の子息の従僕になったのか経緯は話さなかったが、二言三言のやり取りだけで、彼がいかにジョゼフを大切に思い、心から尽くしているかわかった。

「よろしくお願いします」

そう丁寧に頭を下げたスタンリーだが、その目には「うちの坊ちゃんを大切にしろよ」と脅(おど)しめいた光が宿っていた。恋愛の機微(きび)にはまったく疎い自覚があるレオナルドだが、スタンリーが発したような好戦的な空気には敏感なのだ。つい受けて立つぞ的な態度で睨(にら)みつけてしまったレオナルドを、父親が慌てて引き離す。

「ジョゼフの従僕とケンカしてどうする。味方につけるくらいの気持ちでいないとダメだぞ」

そう諭(さと)されたし意味は理解できたが、レオナルドは売られたケンカを買わずにいられるかどうかわからなかった。

そしてやってきた結婚式の朝。

挙式はジョゼフのアシュワース家敷地内にある古い礼拝堂で行われる。代々、その礼拝堂で侯爵家の人間は式を挙げてきたらしい。レオナルドのバウスフィールド家としては、もっと由緒正しい教会を借り切って、大々的に結婚式をやりたかっただろう。金ならある。けれどドナルドは格上の侯爵家を立てるかたちで場所の選択を譲った。

とはいえ、かなり老朽化していたので、ドナルドが資金提供して改修工事が入ったと聞いた。ちゃっかりしている父親は、アシュワース家に恩を売ることを忘れない。

「ジョゼフはどうしているのか……もう支度は終わっただろうか」

隣の部屋で支度しているはずだ。似たような意匠(いしょう)の白い服らしいが、どんな仕上がりなのだろうか。そしてどんな心境でいるのだろうか。

レオナルドはそわそわと花婿控え室を歩き回った。ズボンが皺になるので、式の前にはできるだけ座らないようにと針子に言われたのだ。着心地が悪くないのでレオナルドにはわからないが、どうやら衣装の補修が間に合わなかった部分があるらしい。針子の一人が、目の下に隈(くま)を作った顔を悔しそうに歪(ゆが)めていた。一度も王都に帰らなかったことを申し訳なく思ったレオナルドだ。

結局、レオナルドは結婚が決まってからジョゼフに会っていない。望めば昨日のうちに一日だけでも会えていたかもしれなかったが、レオナルドは自分の用事を済ませることを優先した。ジョゼフと最後に会ったのは半年以上も前だ。

そのときジョゼフは学院を卒業したばかりで、ユリシーズとアンドリューの両王子主催の夜会で、主役のように振る舞っていた。成績は優秀だったと人伝(ひとづて)に聞いた。本人は官僚試験を受けたかったらしいが、父親の反対にあって断念したとか。

その夜会はおそらく二人の王子がジョゼフの卒業を祝い、かつ励ますための催しだったのだろう。王子の招待を断るわけにはいかず、さらに偶然にも事務手続き上ちょうど王都に帰ってきていた時期だったのでレオナルドは夜会に出席した。

ジョゼフが出席すると聞いたからではない。会えるかも、言葉を交わせるかもと思ったからではない——。

十八歳になったジョゼフは会場の中央で両側に二人の王子を侍(はべ)らせ、優雅に微笑(ほほえ)んでいた。

シャンデリアの光を全身に浴びて、まるで自身が輝いているように見えた。高級な果実酒と贅沢な食材を使用した料理が振る舞われる。着飾った令嬢たちの囁き、終始流れている管弦楽の調べ。

殺伐とした風景が広がる国境とは、まるで世界がちがう。レオナルドは場違い感をひしひしと感じていたが、早々に帰ろうとは思わなかった。ただ遠くからジョゼフを見ていた。一瞬だけ視線が合ったような気がしたが、それだけだった。その夜、言葉を交わす機会はなかった。あのときの彼は、王子たちのものだったからだ。

あれ以来の再会が、まさか結婚式とは。

じわじわと緊張してきて、頭に入れたはずの段取りが飛んでしまいそうになる。

控え室の扉がノックされ、アシュワース家の使用人が「お時間です」と声をかけてきた。

一回だけ深呼吸をして、レオナルドは部屋を出た。使用人に案内されて式場となる礼拝堂へ向かう。礼拝堂の扉は閉められていた。中からはざわめきが伝わってくる。両家の親族と招待客が合計百人ほどいるらしい。

緊張しながら待っていると、従僕のスタンリーとともに渡り廊下を白い妖精がやってきた。

レオナルドは息を呑んだ。純白の正装を纏ったジョゼフは、まるで自分とおなじ人間には思えなかった。妖精か、はたまた天からの使いのように、清らかで美しい。白い肌が内側から輝いている。純真無垢に見えた。

ジョゼフはこんなにきれいな青年だっただろうか。いや、もともときれいな男ではあったが、これほどだっただろうか。

絶句して、レオナルドは立ち尽くすことしかできない。

この青年が自分の伴侶(はんりょ)になるのが信じられなくて、いまさらながら混乱してくる。

白金の睫毛(まつげ)に縁取られた大きな目がレオナルドを見上げてきた。金色の瞳がひたと見つめてきて、なにか気の利いたことを言いたかったが、思考停止した脳はなにも思いつかず、干上がった喉(のど)からは呻(うめ)き声すら漏れなかった。段取りは頭の中から飛んでいた。

動かないレオナルドに、ジョゼフの目つきがやや剣呑(けんのん)になってくる。スタンリーがすっと音もなく動き、レオナルドの左腕にジョゼフの右手を絡ませた。そして礼拝堂の扉の前に二人を立たせる。

「あの……」

囁くような声でジョゼフが話しかけてきた。レオナルドはちらりと白金の髪に包まれた小さな頭を見下ろす。

「今日からよろしくお願いします」

ジョゼフは前を向いたまま、そう言った。まさかジョゼフからそんな言葉をもらえるとは思っていなかったレオナルドは息を呑んで固まってしまう。

「こんな場所で言うのはおかしいかもしれませんが、結婚が決まってから一度もお会いできなかったので」

なにか返そうとしたレオナルドは、チクリと嫌みのようなことを言われて言葉に詰まる。

「それは……すまない」

「いいえ。義父上から国境警備の任務はとても重要で大変なのだと聞きました。中隊長として二百名の兵士を率いておられるとか。お疲れさまです」

「あ、うん、そう、なかなか大変で、抜けられなくて……。すまなかった」

いいえ、とジョゼフがかすかに首を左右に振る。動きに合わせて白金の髪がキラキラと光った。きれいすぎてずっと見ていられる。

父のドナルドが、ずいぶんとジョゼフに対してレオナルドの印象がよくなるように働きかけてくれたようだ。面倒くさがって王都に戻らなかっただけなのに、とレオナルドは父に感謝した。

「お時間です」

スタンリーがゆっくりと扉を開いた。

ざわついていた礼拝堂内の招待客たちが、ぴたりとおしゃべりをやめる。自分たちに視線が集まったのがわかったが、レオナルドは客よりも左腕に掴まっている麗人のことしか意識にない。しんと静まりかえった人々が、自分たちの姿に感心してため息をこぼしていることなんか、まったく気づかなかった。

◇

浴室で体の隅々まで洗い、あらぬところまで清めた。

ジョゼフは薄手のローブ一枚を纏い、夫婦の寝室で一人佇(たたず)んでいる。

緊張のあまり手足が冷えてきた。下着をつけていないので下半身がすぅすぅした。それで余計に足が冷えて感じるのかもしれない。

両手を擦(こす)りあわせるようにしていると、左手薬指にはめた指輪に意識が向く。結婚指輪だ。ジョゼフの髪色に似た白金の金属の輪に、小さな金剛石(ダイヤモンド)がひとつだけ埋まっている。可愛らしい指輪だ。レオナルドの指にもおなじ意匠のものがはまっている。

結婚式でおたがいの指にはめあった。招待客たちは静まりかえり、じっと見つめられているせいか緊張した。レオナルドもそうだったのか、かすかに指が震えていたように思えた。

大丈夫、レオナルドだって普通の人だし優しいところがあるはず——そんなふうに思いながら寝台横に置かれた長椅子に座っていたジョゼフだが、じっとしていられなくてうろうろと立ち歩いた。

そこに小さなノックの音が響いた。ギクッとしたジョゼフだが、すぐに叩き方で自分の従僕だとわかる。予想通り、スタンリーが入室してきた。

「ジョゼフ様、お飲み物をお持ちしました」

彼は初夜を控えてあまりにも主人が落ち着きをなくしているので、酒を持ってきてくれたのだ。ジョゼフは長椅子に戻り、甘い果実酒を湯で薄めてあるものを受け取った。ゆっくりと飲むと、体がぽかぽかしてくる。冷えていた手足に熱が戻ってきた。

「レオナルド様はさきほど湯浴みに入られたそうです」

そうか、と頷く。

挙式のあと、食事会があった。レオナルドは親族や招待客たちから酒を勧められ、かなり飲まされていた。頑丈そうな体格をしているから、見かけ通りレオナルドはずいぶん酒に強いらしい。ジョゼフはにこやかに微笑みながら、主に親族からの祝いの言葉を受けていただけだ。

食事会が終わったあと、レオナルドとジョゼフは新居に移動した。レオナルドの父ドナルドが用意した邸宅は、かつて貴族が別邸として建設したという瀟洒（しょうしゃ）な建物で、さほど大きくなくて住みやすそうな家だった。家具はすべて新調してくれたという。使用人を揃えたのもドナルドだ。ジョゼフとスタンリーは一週間ほど前に彼らと顔合わせをしており、自分の荷物の運び入れの際などに言葉を交わすようにした。おかげで少しは打ち解けたように思う。これから長い付き合いになるのだから、使用人たちとは仲良くしていきたい。

肝心のレオナルドとは仲良くできるだろうか――。

それを考えるとジョゼフはまた手足が冷えそうになる。初対面は三年も前だが、そのあいだに顔を見たのは片手ほどの回数しかない。毎回、言葉を交わしたわけでもなく、今日ひさしぶりにレオナルドを間近に見て、あまりの体格のよさに驚いた。もしかして鍛え続けているせいで、体が大きくなっているのかもしれない。

男がだれでも憧れるような立派な体格に、純白の騎士服を纏っていた。婚礼に際し、腰に剣を佩くことができるのは騎士だけだ。礼拝堂の扉の前でレオナルドと向かいあったとき、ジョゼフは純粋に格好いいと思った。悔しいが格好いいと。

そんな感想を抱いたのはジョゼフだけではなかったようだ。開かれた扉から礼拝堂へ入ったとき、招待客たちから感嘆のため息が漏れた。視線はレオナルドに集まっていたように思う。凛とした表情と騎士らしさ全開の立ち姿に、みんな釘付けだった。そのときはちょっとばかり鼻が高かった。

誓いのくちづけをしたときも、誇らしい気持ちがあった。レオナルドの唇は乾いていて、とても柔らかかった。指輪をはめたときは、頑丈そうな大きな手に驚いたけれど。

食事会のあいだも、「お似合いだ」「立派な騎士様だ」と親族に言われて、ジョゼフは素直に頷くことができた。

根っからの軍人であるレオナルドとどう暮らしていけばいいのかとずっと不安だったが、彼の落ち着いた様子に頼もしさを感じた。

だがしかし、日が暮れて新居に移ってきたころから、ジョゼフは初夜が心配でならなくなってきた。あんなに大きな体のレオナルドなのだから、一物も大きいのではないだろうか――と。

「スタンリー、やはり事前に訓練しておくべきだったな……」

弱々しい声でぽつりとこぼしたジョゼフに、スタンリーは「いまさらなにを」と呆れた口調で返してきた。

レオナルドとの結婚が正式に決まり、挙式と新居の準備がはじまったころ、性経験がまるでないジョゼフのために、スタンリーは男性同士の性交のあれこれをジョゼフに教えてくれた。もちろん実地ではなく、どこからか教本を仕入れてきて。

それは寂しい独身男性が自身を慰めるために想像を膨らます助けになるような本で、精緻な絵が添えられていた。男女の絵が多かったが、男同士も女同士もあった。ジョゼフは一目見ただけで頭がくらくらした。

「レオナルド様は軍隊生活が長いですし、ジョゼフ様よりも十歳も年上ですからそこそこの経験はおありだと思います。しかし夫婦の営みとは共同作業のようなもの。すべてを相手任せにせず、一応はこちらも準備をしておいた方がよろしいかと思います」

スタンリーはそう言って、とある専門店で購入してきたという淫具を出してきた。男性器を模した木製のそれは、細いものから太いものまで五種類あった。潤滑油が入った瓶まで並べられた。

せっかくのスタンリーの気遣いだったが、ジョゼフはそれらを使わなかった。単に怖かったのだ、異物を直腸に挿入することが。

「きっと、なんとかなる。なんとかなるさ」

自分に言い聞かせるようにそうくりかえすジョゼフに、スタンリーは「いいえ」と首を横に振った。

「ジョゼフ様、人間のあの器官はそもそも性交に使用するためのものではありません。少しでも慣らしておいた方が、あとあと楽になります」

そう心配するスタンリーに、いつかその気になったら使うから、と捨てることをせずに洗面用具の場所にしまった。いまになって事前に訓練しておけばよかったと後悔している。

「ジョゼフ様、緊張なさっていますね」

スタンリーに嘘はつけない。ジョゼフは頷いて、空になったカップを手渡した。

「どうしよう、おまえの助言を聞いておけばよかった。絶対に、なんとかならない。私は今夜、どうなるのだ?」

怖くて涙が滲んでくる。これが愛しあっている相手ならば期待に胸を膨らませる場面なのだろうが、とてもそんな心境にはなれない。俯いたジョゼフの前にスタンリーが膝をつき、顔を覗きこむようにしてきた。

「ジョゼフ様、もしレオナルド様のなさることに対して身の危険を感じたら、ためらうことなく私を呼んでください。お助けします」

「いいのか？」

そんなことをしたら、スタンリーがレオナルドの不興を買ってしまう。

「私のことなど気になさらないでください。大切なのはジョゼフ様の心と体です。私は身を賭して（と）あなた様をお守りすると決意しておりますから」

励ますようにスタンリーが力強く言ってくれる。逃げ道を用意してくれた従僕には感謝しかない。

もしかしたら今夜はなにもしないかもしれない――とジョゼフは希望を抱いた。

今日は早朝から支度をして式を挙げ、食事会でたくさんの人に会い、とても疲れている。たぶんレオナルドも疲れているだろうから、今夜はなにもせずに眠りたいと言えば寝かせてくれるかも――。

レオナルドとはまともに会話をする暇がなかった。彼がもし、ジョゼフの悪い噂を耳にしていたら、男に抱かれ慣れていると勘違いしているだろう。そのあたりのことも彼に確認したかった。

（まずは話だ）

そう心に決める。

そのとき、ノックもされずに扉が開いた。そこに立っていたのは薄手のローブ姿のレオナルドだ。逞（たくま）しい肉体がローブの生地を盛りあげている。明かりを抑えている寝室の中、陰影の影響か彼は昼間よりも大きく見えた。

スタンリーが無言でジョゼフから離れ、静かに退室していく。閉められていく扉に、ジョゼフは衝動的に縋りつきたくなった。だが実際は、自分に歩み寄ってくるレオナルドから視線を外すことができない。

今日、夫となった男は、熱っぽい目でジョゼフを見つめてきた。ヤル気が漲っているのが一目でわかる。長椅子に座ったままのジョゼフの手をぐっと握ってきた。なめし革のような手のひらの感触だと思った。おそらく剣の鍛練を重ねて、手の皮が厚くなっているのだろう。

左手の薬指には、結婚指輪がはめられている。ジョゼフのものとおなじ意匠だ。

レオナルドは無言のままジョゼフを立たせ、寝台に促した。端に座らされたジョゼフは、正面に立つレオナルドに「あの」と勇気を出して話しかけた。

「少し、時間をもらえませんか」

「なんの？」

「話をしたいのです」

ふっとレオナルドが鼻で笑った。馬鹿にしたように。

「新婚初夜の寝室で、いったいどんな話をする必要がある？」

「わ、私たちは、いままで挨拶ていどしか会話をしたことがありません。お互いをよく知るためにはもっと会話が必要だと思います」

上から目線のレオナルドに苛立ちを感じたが、ここでジョゼフが激高してはいけないと自制する。

「そんな必要はないだろう。体を重ねれば言葉では理解できないこともわかるというものだ。肉体の方が雄弁だと思うが？」

そういう説もあるかもしれない。けれどジョゼフは経験がないので本当にそうなのかどうか知らないし、そもそもの段階の話をしたいのだ。

「でも、あの、私は……」

「俺が相手では不満なのか」

レオナルドが声を低くした。怒りの気配にジョゼフは身を竦ませる。こんな体の大きな男と二人きりで寝室にいるという事実を、あらためて恐ろしく思った。

大きな手が伸びてきて、ジョゼフの髪に触れた。反射的にびくっと全身が揺れてしまう。

「怖いか？　俺が」

「……いいえ」

嘘をついた。末永く寄り添わなければならない夫に向かって、正直に怖いとは言えなかった。

「ジョゼフ、俺たちは夫婦になった。これから何十年もともに暮らしていかなければならない。俺を受け入れろ。そうすれば大切にしてやる」

はい、と頷く。レオナルドもジョゼフと同様に、王家主導のこの結婚を拒めなかったのだ。

さらに離婚も許されないと覚悟している。二人はおなじ考えだと知ることができて、ジョゼフはその点だけは安堵した。

「ジョゼフ……きれいだ」

見下ろしてくるレオナルドが、甘く掠れた声で囁いてきた。耳に響く低音に、ジョゼフは背筋を甘く震わせた。レオナルドが上体を屈め、顔を近づけてくる。レオナルドの呼気に強い酒精が含まれていた。

「あの、まだ酔っていますか？　大丈夫ですか？」

湯浴みを済ませているのに、この酒臭さ。

「酔ってなどいない」

眉間に皺を寄せて否定されては、黙るしかない。

くちづけの予感に、ジョゼフは目を閉じた。経験がなくとも、このくらいはできる。

そっと重なってきた柔らかな感触は、酒の匂いを残してすぐに離れた。目を開けると、間近にレオナルドの濃い茶色の瞳がある。真剣なまなざしに心臓がどきんと躍った。

「おまえが俺のものになったなんて、信じられない。本当に大切にする。剣に誓おう」

真摯な誓いは、ジョゼフの胸に響いた。この男を信じられると思った。だから寝台に押し倒されても、抵抗しなかった。ゆっくりと覆い被さってくるレオナルドに、またくちづけられる。

乾いた唇を何度も吸われる。強い酒の匂いに、ジョゼフは酔いそうになった。実際に酔ってしまったのかもしれない。くちづけが気持ちよかった。

するりと歯列を割ってレオナルドの舌が入ってきたときも、驚きはなかった。嫌悪もなかった。口腔をまさぐられて、温い快感に全身の力を抜く。舌と舌が擦れあったときは、思わずレオナルドのローブを掴んでいた。

意外なほど優しくて官能的なくちづけに、ジョゼフはうっとりする。

「レオナルド様……」

「呼び捨てでいい。俺たちは夫婦だ」

「はい。レオナルド」

照れくさくて、ジョゼフはふっと笑った。緊張が薄れて、レオナルドに身も心も委ねる気持ちになっている。

レオナルドがごくりと生唾を飲み、枕の下に手を突っこんだ。そこから出てきたのは小瓶。おそらく潤滑油だ。そんなところに隠してあったなんて、ジョゼフは知らなかった。使用人のだれかに命じてあったのかもしれない。そつなく用意するなんて、やはりレオナルドは経験が豊富なのだろう。

すべて任せても安心かもしれない、とジョゼフは隣室で待機しているだろうスタンリーに一声かけて休ませてあげたいと思った。しかしそんな無粋なことはできない。レオナルドはできるだけジョゼフに配慮して優しくしようと努力してくれているようだった。

ジョゼフの悪い噂を耳にしていないのか、聞いていたとしても信じていないのかもしれない。

ありのままのジョゼフを見てくれていたのなら、あんな噂はただの嫉妬心からくる悪口だとわかるだろう。初夜に話など必要ないと言ったのは、さっき誓ったようにもうジョゼフと連れ添う覚悟はしているから余計なことは考えるなと言いたかったのかもしれない。

レオナルドがジョゼフのローブの紐を解いた。するりと胸がはだけ、白い胸が現れる。小さな乳首の上で、レオナルドが小瓶を傾ける。琥珀色のとろりとした液体がこぼれ落ち、ジョゼフの乳首を濡らした。尻の谷間だけでなく、こんなところにも潤滑油を使うのかと、ジョゼフは感心する。

レオナルドが油にまみれた乳首を弄りはじめた。不思議な感覚しかなかったが、しばらくするとムズ痒いような、落ち着かない感じがしてくる。

「気持ちいいか？」

そう聞かれて、これはもしかして快感の芽なのかもと思った。レオナルドはもう片方の手を油で濡らし、ジョゼフの股間へと忍ばせる。性器に触れられて、「あっ」と声が出た。そんなところを他人に触られたのは当然のごとくはじめてで、ジョゼフは羞恥のあまり全身が熱くなった。しかしレオナルドはジョゼフの様子には構わずに、乳首と性器を同時に弄ってくる。

ジョゼフの体はたちまち反応した。

「あ、あっ、んっ」

声を抑えようとしても出てしまう。勃起してきた性器を、レオナルドの指が意外と繊細な動きで扱き立てた。すごく気持ちよくてジョゼフは動揺した。ときおり自分で処理するときとは、まるでちがう。他人の手で弄られると、こんなに快感が強いのかと驚きながら、素直に感じた。じっとしていられなくて敷布に爪を立てたり、背中を捩ったりしてしまう。それがレオナルドの目には痴態としてうつっているなんて想像もしていない。そんな余裕はなかった。

「あっ！」

後ろに触れられてジョゼフはギョッとした。いつのまにかジョゼフは両脚を大きく開き、そのあいだにレオナルドを迎え入れていたのだ。尻に油で濡れた指が突っこまれて硬直する。ぬくぬくと出し入れされているのは、レオナルドの指だろう。浴室で丁寧に洗ったのでそこはきれいだが、実際に指を挿入されてうろたえた。

しかも、痛みがない。指一本くらいなら大丈夫なのか。

「あ、んっ」

異物感に慣れてきたころ、気持ちがよくなる場所があることに気づいた。レオナルドも気づいたようで、内側の粘膜をぐるりと指で探り、ジョゼフの反応があったところをしつこく弄りはじめる。

「あ、あっ、いや、あんっ、やだ、そこ」

もじもじと腰を揺すれば、レオナルドが押さえつけるように体重を乗せてきた。

「ジョゼフ、もういいか？」

鼻息荒く尋ねてきたレオナルドを、ジョゼフは霞む目で見上げる。なにが「いいか」なのか一瞬わからなかった。小首を傾げたジョゼフにわからせるためか、レオナルドが下腹に股間を押しつけてきた。ぐりっと固くて熱くて大きなものが当たる。

これはいったいなんだろう。

ジョゼフが視線を向けると、レオナルドのローブがはだけて下腹部が丸見えになっていた。そこに、赤黒い棍棒が生えている。幼児の腕ほどもある大きさに、ジョゼフは目を疑った。レオナルドはそれに潤滑油を振りかけ、片手でごしごしと乱暴に扱いた。さらに一回りほど膨れあがる。

「早くおまえの中に入りたくてたまらない」

「……えっ？」

愕然としているジョゼフの両脚をもっと広げ、指を抜いた窄まりにそれの先端をあてがってきた。ぐっと圧をかけられ、ジョゼフは全身を凍りつかせた。

「む、無理です、待ってください」

指一本の次がそれ？　無理に決まっている。裂ける。確実に。

ジョゼフは両手でレオナルドの胸を押し返し、腰を引いた。はじめての快感に体は火照っていたが、一瞬で熱は冷めている。

「なにが無理だ。俺を受け入れられないと言うのか」

ムッとしたレオナルドに、ジョゼフは慌てて「ちがいます」と否定した。

「あなたは私の夫です。それは受け入れます。でも実際に今夜それを挿入できるかどうかという点においては、無理です。申し訳ありません」

「ここまでさせておいて挿入直前に拒むとは、俺を馬鹿にしているのか」

レオナルドから本気の怒りを感じ、ジョゼフは青くなった。たしかにその気にさせておいて寸止めは怒らせて当然だ。

「あの、挿入以外のことならやります。教えてもらえれば、頑張って手か口で」

そうした方法があることは知識として頭にある。もちろん経験はないが。

「今夜はそれで許してください。いきなり挿入は――」

「ああ？　挿入以外だと？　殿下に操を捧げているつもりか」

えっ、とジョゼフは凍りついた。

「いまさら純情ぶるな。さんざん殿下と取り巻きたちに抱かれてきたんだろう。はじめてでもあるまいし、もったいぶるな」

とんでもない暴言を吐きながら、レオナルドが迫ってくる。ジョゼフは混乱しながら、広い寝台の上を後退り（あとずさ）した。レオナルドはジョゼフの悪い噂を聞いていたのだ。そしてそれを信じていた。ユリシーズだけでなく、その取り巻きたちの性処理をしていたジョゼフを、用済みになったから下げ渡されたと思っている。ショックだった。

レオナルドは男に抱かれ慣れているジョゼフの体を、味見してやろうという卑しい気持ちでいまここにいるのだ。血の気が引いているジョゼフの様子にまったく気づいていない。優しくすると言ったのに。

「ほら、おとなしくしろ。さっさと入れさせろ。もう我慢ならんのだ」

足首を掴まれた。力任せに引っぱられれば、細身のジョゼフは簡単にレオナルドに抱きこまれてしまう。俯せにされ、尻だけが高い姿勢を取らされた。獣のように交合しようとしている。

「こうすれば俺の顔は見えんだろう。殿下に抱かれていると思えばいい。とりあえず入れさせろ」

恐怖と屈辱のあまり、涙がどっと溢れてきた。ひどい。ひどいひどいひどい。

ジョゼフはレオナルドと結婚したのだ。ユリシーズは友人であって、だれとも性交した経験はない。本人に確認もせず、噂だけを信じてこの態度。

「いやだ！」

ジョゼフは必死になって手足をバタつかせた。

「暴れるな、おとなしくしろ！」

「いや、近づくな！」

少しでも遠ざかろうと寝台の上を逃げる。ジョゼフの脚を掴もうとしたレオナルドの腕を爪で引っかいた。

「痛っ」

　一瞬動きが止まったレオナルドの胸に、ジョゼフの蹴りが当たる。

「なにをする、このじゃじゃ馬め！」

「うるさい、脳筋野郎！」

「なんだと？」

　がしっと顎を掴まれて、睨みつけられた。涙に濡れたジョゼフの顔を見て、レオナルドはハッと息を呑む。

「なぜ泣いているんだ……」

「私ははじめてだ」

「なに？」

「だれにもこんなことをされていない」

「なにを言っている」

「殿下に抱かれたことなどないと言ったんだ！」

「え？」

　泣きながら抗議するジョゼフに、レオナルドが唖然とする。

「どんな話を聞いたか知らないが、私はいままで性的な経験は一度もない！　なにもかも今夜がはじめてだった！　く、くちづけすら、結婚式のときの誓いの儀式がはじめてだった！　だからいきなりおまえの一物を入れることはできないと言ったのだ！」

レオナルドへの怒りと自分自身への情けなさで涙が止まらない。顔をびしょびしょにしたま、ジョゼフは「スタンリー！」と叫ぶように従僕を呼んだ。

「お呼びですか」

即座に扉が開き、スタンリーが姿を現す。ジョゼフは両手を差し伸べた。駆けてきたスタンリーが抱きしめるようにしてすくい上げ、寝台から下ろしてくれる。スタンリーは無言で懐から手巾（ハンカチ）を取り出し、ジョゼフの頬を拭いた。それだけでホッとする。

腕に引っかかっただけの状態になっていたローブをしっかり着て、室内履（ば）きに足を入れた。

「ジョゼフ……」

呟くような声で名を呼ばれたが、レオナルドを振り返ることなく、ジョゼフは夫婦の寝室を出た。

◇

一睡もできなかった目には、晴れ渡った夏の朝日は眩しすぎる。

レオナルドは食堂の長いテーブルに一人ポツンと座り、ぼんやりと手元の皿を見つめた。

さっきまで湯気が立っていた焼きたてのパンと卵料理は、手をつけられないままに冷めはじめている。本来なら向かい側に座っているはずの新妻はいない。

結婚式を挙げたのは昨日だ。翌日に一人きりで朝食なんて、悪夢のようだと思う。

（夢なら覚めてくれ……）

レオナルドはため息をつきつつ、パンをちぎって口に入れた。味がしない。朝っぱらから強い酒を飲みたくなったが、それはさすがにダメだろう。

「旦那様、なにか別のものをご用意いたしましょうか？」

あまりにも食事が進まないのを見かねたのか、給仕が背後からそっと声をかけてきた。

「二日酔いではありませんか？」

たしかに胃のむかつきと頭痛という二日酔いの傾向はあるが、これくらいはたいした症状ではない。寝不足も原因のひとつだ。

「いや、これでいい。大丈夫だ」

軍隊生活が長いレオナルドは、多少の二日酔いくらいで弱音を吐いたことはない。それに国境の宿舎や戦地で出される料理に比べたら、いま食卓に並んでいるものはすべてご馳走レベルだ。料理人にも悪いので、レオナルドはすべて平らげる勢いで食べはじめた。

ほとんど味がしない朝食を機械的に胃に詰めこみながら、レオナルドはもう何十回何百回とくりかえした昨夜の反省をまた胸の内でぐだぐだと呟いた。

号泣（ごうきゅう）していたジョゼフの顔が頭から離れない。あんな悲しそうな、傷ついた顔をさせたのは自分なのだ。結婚式のあいだ、ジョゼフは美しかった。キラキラと輝いていた。だれもが羨むほどの新婦ぶりだった。レオナルドはジョゼフを大切にしていきたいと思った。

それなのに——。

まさか、まさかジョゼフが未経験だったとは。

嘘だろう、というのがレオナルドの本音だったが、昨夜のあの取り乱しぶりが演技だとは思えない。そもそも経験がないと嘘をつく理由がない。

王家主導のこの結婚が、失敗を許されないことだとジョゼフも承知しているはずだ。下手な嘘をついてレオナルドとの仲を険悪にして、いったいなんの益があるのか。

ジョゼフは王子ユリシーズのお手つきで、その取り巻きたちとも乱交状態だという噂は、まったくのでたらめだったということだ。ジョゼフに嫉妬しただれかが悪意をもって創作した話だったにちがいない。

ジョゼフは寝台に入る前にレオナルドと話がしたいと主張した。きっとこのことについて言いたかったのだ。たしかに経験がないと知っていたら、レオナルドはもっと慎重に事を進めていた。あんないい加減な慣らしだけで一物を挿入しようなどとはしなかった。

したたかに酔っていたし、あまりにもジョゼフが可愛らしく淫らに悶えるものだから、理性がぶち切れた——というのはみっともない言い訳でしかない。成人したばかりの、十歳も年下の純真無垢な新妻に、レオナルドは無体を働いたのだ。最低男の烙印を押されても仕方がない。

昨夜、あのあとジョゼフは夫婦の寝室に戻ってくることはなかった。レオナルドは衝撃のあまり固まったまま朝まで寝台の上にいた。眠れなかった――というか、悠長（ゆうちょう）に眠っている場合ではなかった。

朝になってからレオナルドは使用人にジョゼフの様子を尋ねた。妻の部屋で休んだらしいと聞き、顔を見たい、謝罪したいと思ったが「体調が悪いので伏せっている」というスタンリーの伝言が届いただけだった。当然のごとく、朝食の席には現れなかった。

食後のお茶を書斎まで運ぶように頼み、レオナルドは屋敷の廊下をとぼとぼと歩いた。父が準備した新居は上品で、どこもかしこもジョゼフに似合うように手を入れたのがわかる。廊下に敷かれた絨毯（じゅうたん）の色柄、壁に飾られた絵画や階段の踊り場に置かれた彫刻、飾られた切り花まですべて、若々しく繊細だ。

「俺には似合わないな」

またため息をこぼし、書斎に行った。

挙式の翌日から三日間、レオナルドは休暇をもらっている。本来なら新婚夫婦が絆（きずな）を深めるための時間なのだが、ジョゼフが会ってくれないとレオナルドはすることがない。

どっしりとした書斎机に合わせた、これまたどっしりとした造りの椅子に座り、レオナルドは意味もなく引き出しを開けたり閉めたりした。引き出しの中には、まだ筆記用具くらいしか入っていない。

どうしよう、とレオナルドは肩を落とす。なにをすればジョゼフは怒りを解いてくれるだろうか。せめて一言でいいから謝らせてくれないだろうか。

書斎の扉がノックされて返事をすると、意外なことにスタンリーがワゴンを押して入室してきた。レオナルドの食後のお茶を運んできたのだ。呼んでジョゼフのことを聞きたいと思っていたので好都合だ。

「どうぞ」

スタンリーは流れるような所作でお茶を淹れ、レオナルドの前に置いた。どう切り出そうかと躊躇(ちゅうちょ)していると、「さて」とスタンリーが書斎机の前に立つ。

「大失態をしでかしたことを、自覚していらっしゃいますか。レオナルド様」

「ああ、それは、わかっている……」

「いま私はあなたの使用人としてここにいるわけではありません。あくまでもジョゼフ様の従僕として、とんでもなく無様な初夜をやらかして新妻に逃げられた愚鈍な夫に助言するためにわざわざ足を運んできたのです」

唖然と口を開けるしかない。こんな口の悪い使用人には会ったことがなかった。平民出身の兵士たちですら、レオナルドの前ではもう少し気を遣った言葉選びをする。

「昨夜、私はジョゼフ様が心配だったので、隣室で待機しておりました。お二人のやり取りはほぼ聞いております。ジョゼフ様はあなたに話があるので時間がほしいと仰いました。ご自分に関する悪い噂が流れていることをご存じだったからです。あれはまったくの嘘で、性的な経験がないことを、ジョゼフ様はあなたに説明されるおつもりでした。けれどあなたは性欲に支配されて話を聞こうとはなさらなかった。とんでもなく愚かで、信じられないほど理性がなく、新妻を思いやる心が欠片もなく、ジョゼフ様を傷つけたあなたを私は許せません」

　スタンリーの目は氷のように冷たい。一方的に糾弾されたレオナルドは自分が悪いとわかっていても、ムカついた。

「たしかに俺は愚かで、昨夜は理性を失っていたかもしれない。だがジョゼフがあまりにも美しくて可愛らしかったのも問題だ。あんなふうに色っぽく、どうぞ好きにしてくださいと身を委ねられたら、男ならだれだってガッつくだろうが！」

「自分の罪を棚に上げて、あろうことかジョゼフ様にも原因があると仰るのですか。ジョゼフ様の美しさは罪などではありません。あきらかにあなたが悪いでしょうが。くっっっだらない矜持など捨ててしまいなさい。あなたはそれでも騎士ですか。潔く頭を垂れてジョゼフ様に許しを請いなさい！」

「おまえに言われたくないな、ただの従僕のくせに！」

　カッとなって言い返したレオナルドの前で、スタンリーの顔からすんと表情が消えた。

「そうです、私はただの従僕です」

「あ、いや、その……」

「あなたはジョゼフ様の夫になられました。従僕の私が夫婦関係に口を出すべきではないことは重々承知のうえで申しあげております」

スタンリーはひとつ息をつき、静かに語りかけてきた。

「どうか、昨夜のジョゼフ様をお許しください。あの方があなたを拒んだのは、純粋な恐怖からです」

「許すも許さないも……悪かったのは俺だ。ジョゼフに怒ってはいない」

「それを聞いて安心いたしました」

「ジョゼフは俺のことを、なんと言っている？」

怖々とだが、確かめずにはいられなくて尋ねた。

「……昨夜は眠れず、一人になるのを怖がっておいででしたので、私が朝まで付き添って雑談に応じておりました。今朝は食事を召し上がっておりません」

そうか、とレオナルドは俯く。かわいそうなことをしてしまった。初夜があんな悲惨なことになり、きっとジョゼフは打ちひしがれているだろう。二度とレオナルドとは閨をともにしたくないと思ったとしても、責められない。

「ジョゼフ様は幼少の頃より、アシュワース家のために裕福な家の方と結婚することを望まれていました。そのための努力を惜しまず美容や社交に励み、官僚試験を諦め、レオナルド様とのご結婚を承諾されました。あなたとも仲良くしたいと思っておいでです。優しくしてさしあげてください」

「わかっている」

レオナルドはお茶をぐっと飲み干し、立ち上がった。

「ジョゼフに会わせてもらえないだろうか。昨夜のことを謝りたい」

「かしこまりました」

スタンリーは先に書斎を出ていき、ジョゼフに話をつけてくれた。面会の許可が下り、レオナルドはいそいそと彼の部屋に向かう。

「おはようございます」

窓辺に立つジョゼフは、部屋着にガウンを羽織り、儚げな微笑を浮かべていた。眠れなかったうえにさんざん泣いたせいだろう、目元が赤く腫れていた。それでも美しさは変わりなく、レオナルドは胸がいっぱいになる。

スタンリーが露台にティーテーブルを出し、お茶を用意してくれていた。そこにジョゼフと向かいあわせで座る。彼からは緊張が感じられた。それもそうだろう、初夜であんな侮辱を受けたのだ。あらためて考えなくとも、昨日の今日でよく会ってくれたものだ。ジョゼフの寛大さに感心する。

レオナルドはまず謝罪した。きちんと目を見てから、「すまなかった」と頭を下げる。

「俺がすべて悪かった。ジョゼフは話がしたいと言っていたのに聞かなかったし、碌でもない噂を信じていた。君に乱暴をしたうえ、暴言を吐いたことも心から悔いている。あのとき酔っていただとか頭に血が上っていただとかは意味のない言い訳だ。本当に申し訳なかった」

真摯に謝ったレオナルドに、ジョゼフがふっと気を緩めたのがわかった。

「……私の方もいけないところはありました。悪い噂が流布していることは知っていたのに、放置していました。あなたの耳に入っているかどうか、それを信じているかどうか、昨夜まで確認を怠っていたのは私です。事前にあなたに連絡を取って、確かめる機会は作れたはずでした。でも、その、自分からそんなことを尋ねるのはためらいがあって――」

ジョゼフは俯いて、ティーカップを白い指先でもじもじと弄っている。その可愛らしいしぐさに、レオナルドは胸がぐっと苦しくなった。

「いや、君に悪いところなどひとつもない。ぜんぜん悪くない。大丈夫、悪いのは俺だけだ。俺が馬鹿だったから」

「……ですよね」

ちらりと視線を上げたジョゼフが、ちょっとだけ咎めるようなまなざしになった。責められているのに、レオナルドは至近距離でかっちりと視線が合ったせいで呼吸が苦しくなってくる。

さっきから体調が悪いのはなぜだ。寝不足だからか。いやいや一晩くらいの徹夜なんて戦場ではよくあること。これくらいのことで動悸や呼吸困難なんてあり得ない。もしや原因は、目の前にいるか弱い青年か、と気づいてレオナルドは目眩に襲われた。

（俺はずいぶんとジョゼフに対して罪悪感を抱いているらしい）

レオナルドはジョゼフを傷つけたことへの罪悪感のせいだと思った。私生活でこれほどの失敗をした経験がない。職場での失態は、いつもそのあとで功績を挙げて挽回していた。

「その、ジョゼフ」

「はい」

「俺が怖いか？」

おそるおそる聞いてみた。ジョゼフは金色の目をぱっちりと開いてレオナルドを凝視してくる。答えはすぐ返ってこなかった。ジョゼフはしばし考えたあと、「怖くないと言ったら嘘になります」とため息まじりに呟いた。レオナルドはがっくりと肩を落とす。

「……そうか……」

「でも、あなたとは夫婦になりました。仲良く暮らしていきたいと思っています」

ジョゼフからは覚悟を感じた。

「俺もおなじ気持ちだ。仲良くしていきたいと思っている」

レオナルドが頷くと、ジョゼフはホッとしたように表情を緩めた。

「時間をくださいませんか。あなたとかたちだけの夫婦になるつもりはありません。だから、私にしばらく時間をください」

つまり、そのうちレオナルドに抱かれてくれるつもりはあるということか。

暗くなりかけていた視界が、パアッと明るくなった。

「そ、そうか、わかった。待とう。俺はいつまでも待つ」

「ありがとうございます」

にっこりと笑ってくれたジョゼフに、レオナルドはあっという間に有頂天（うちょうてん）になった。だれにも体を許していない、正真正銘純真無垢な新妻、だれもが称賛する美貌の青年、しかもこんなに健気で真面目な子を、レオナルドは名実ともに自分のものにすることができるのだ。まるでレオナルドのためだけに貞操を守ってきたように感じて、頭の中にお花畑が広がった。

だから口が滑った。

「しばらくの時間とはどれくらいだ？　俺は今日を含めて三日間の休暇をもらっている。そのあいだなら、いつでもいいぞ。まさかジョゼフに経験がないとは予想もしていなかったので昨夜は残念だったが、俺の方は準備万端だ。夜でなくとも、昼でも朝でもその気になったらいつでも声をかけてくれ」

ご機嫌でカップを手に取る。ジョゼフの顔から表情が消えたことに気づけなかった。

「てっきり殿下のお手つきで経験豊富だと思いこんでいたから、いったいどんな性技を身につけているのか、じつはちょっと楽しみだったんだが、はじめてならはじめてなりにこちらもやりようが――」

顔面に熱い液体がバシャッとかかり、レオナルドは仰天した。

ガタンと、音をたててジョゼフが椅子を蹴って立ち上がった。その手にはカップが握られている。中は空だ。自分はお茶をぶっかけられたのだ。

「……えっ？」

唖然とするレオナルドに、ジョゼフは真冬の吹雪よりも冷たい目を向けている。

「スタンリー！」

ジョゼフは忠実な従僕を呼んだ。近くに控えていたスタンリーが音もなく駆け寄ってくる。

「旦那様はお帰りだ」

それだけ言って、サッと身を翻（ひるがえ）す。ジョゼフはレオナルドを置いて露台（バルコニー）から室内に戻り、寝室へ入っていった。ガチリ、と鍵がかかった音がやけに大きく聞こえた。

はあ、とスタンリーのため息が落とされる。

「あなた様は本当に……馬鹿ですか……」

呆れ果てた声に、レオナルドはなにも言い返せなかった。

枕に顔を埋め、「あの脳筋クソ馬鹿野郎が！」とジョゼフは腹の底から怒鳴った。

その枕を思いきり壁に投げつける。寝台の上にあったいくつもの枕をつぎつぎと投げ捨て、投げるものがなくなるとジョゼフはぎりぎりと歯を食いしばった。きっといま自分はバケモノのような醜い顔になっていることだろう。

せっかく昨夜の無礼を許して歩み寄ってやったのに、あの脳筋クソ馬鹿野郎はまたもや失言の嵐だ。

「なんの性技も身につけていない童貞処女で悪かったな！　あーあー、楽しみをぶち壊してすみませんでしたね！　しばらく時間をくれって言ったら、しばらくなんだよ！　一日二日で気持ちの整理ができるわけないだろうが！」

きぃぃぃとジョゼフは奇声を上げそうになり、慌てて枕を拾って顔を埋めた。

屋敷の使用人たちのほとんどが、昨夜の顛末（てんまつ）をおそらく知っている。初夜だというのにジョゼフだけが夫婦の寝室から早々と出ていったのだから。そうはいっても翌朝の新妻が錯乱している様子など知られたくなかった。

ジョゼフは枕を引きちぎる勢いで掴み、ぶんぶんと振り回した。どれだけ暴れても気が晴れない。腸（はらわた）が煮えるような怒りが渦巻いている。

「少しは格好いいなどと思って、損をした！」

悔しい。惨めだ。まさか経験のないことが、これほどの事態を招くとは。

「普通、妻になる相手が無垢なままの方が、男は喜ぶものだろう！」

レオナルドは稀な男だったのだろうか。軍隊暮らしが長いと、貴族の生まれなのにあのように繊細さをなくしてしまうものなのか。慣れていた方が手間がかからなくていい、熟練した性技が楽しみ、などと思うようになるのか。

　レオナルドの脳天気な顔を思い出すと、頭がカーッと熱くなってくる。お茶をぶっかけられてぽかんとしていた。天下の騎士様がずいぶんと間抜けな表情をしたものだ。ジョゼフが反撃してくるとは予想していなかったのだろう。

「どうせならもっとかけてやればよかった。テーブルの上には二杯あったのだし」

　ふふんと鼻で笑ったジョゼフだが、あのあとレオナルドがどうしたのか、いまどう思っているのかと考えはじめると、心配になってきた。

「怒っているだろうか……」

　本気で彼を怒らせたら、二度と口を利かないと言われるかもしれない。一兵卒から騎士になるほどの男だ。一度こうと決めたら譲らないかも。

「いやでも、失礼なことを言ったのはあっちだし、私はなにも悪くない。悪くないはず」

　悪くないと呪文のように唱えて、ジョゼフは不安を紛らわせようとした。

　そこに寝室の扉がノックされ、スタンリーの声がした。ジョゼフは急いで鍵を外す。そっと扉が開き、スタンリーが顔を覗かせた。

「ジョゼフ様、大丈夫ですか？」

「あ、うん」

スタンリーは枕が部屋中に散らばっているのを見ても、それについて言及しなかった。

「レオナルド様は自室にお戻りになりました」

「……そうか」

ジョゼフは俯く。

「その、なにか言っていたか？」

「いいえ」

「怒っていたか？」

「怒っているようではありませんでした。ただ驚いている感じでした」

そうか、とジョゼフは頷く。スタンリーは寝室に入ってくると、散らかっていた枕をひとつずつ拾ってくれた。

「ジョゼフ様、今後はどうなさいますか」

「どう、とは？」

「閨事がなくとも、夫婦として暮らしていくことはできます。どうしてもレオナルド様とは同衾したくないと主張されるのでしたら、私は全力でお助けします」

スタンリーは真面目な顔でジョゼフを振り返る。昨夜とおなじだ。なにがあってもジョゼフに従うと言った。その言葉通り、昨夜はジョゼフを夫婦の寝室から連れ出してくれた。

「閨事がなくても……」

「お二人はすでに夫婦です。表向きは仲良くしているように演じられれば、それで済むでしょう。ただし、レオナルド様はまだ二十代。ずっと禁欲生活を送るのは辛い年齢です。娼館に通ったり愛人を作ったりすることを許さなければならないでしょう」

「それはいやだ！」

反射的に口から言葉が飛び出した。ハッとしてジョゼフは両手で口を覆う。

いま自分はなにを言った？　レオナルドが外で性欲を発散するのはいやだと言ったのか。

貴族が愛人を持つことなど珍しくない。どれほど仲が険悪になっても家の体面を保つために離婚できない夫婦などたくさんいる。ジョゼフの両親は仲がよかったし経済的な余裕がなかったので父親も母親も愛人を作ることはなかったが、友人知人のあいだでは親の節操のなさを愚痴ることは雑談の一部だったものだ。

それなのに、ジョゼフはレオナルドに自分以外の人間を抱いてほしくないと思っている。

あれだけこっぴどく拒絶しておいて。

「……うぅ」

ジョゼフは自分の気持ちがわからなくて両手で頭を抱えた。あの脳筋クソ馬鹿野郎など、場末の娼館でぼったくられてしまえと呪わずにはいられないのに、そんなところには行かないでほしい、ジョゼフのために耐えてくれてもいいのではという思いもある。

どれが自分の本心なのかわからなくて混乱してきた。

「ジョゼフ様」

スタンリーがジョゼフの丸めた背中を撫でてくれる。落ち着きを促され、ジョゼフは何度か深呼吸をした。背筋を伸ばし、顔を上げる。

そうだ、まだ結婚して二日目。周囲の人たちのためにも、なにより自分のために、ジョゼフとレオナルドはこの屋敷で仲良く暮らしていかなければならないのだ。レオナルドがたとえ繊細さを微塵も持ちあわせず、情緒を理解できない落第級の貴族だとしても、もうどうしようもない。ジョゼフが暴言を許して歩み寄らなければ、このままになってしまう。

「……スタンリー、レオナルドに伝えてくれ。今夜は、夕食をともにしようと」

「かしこまりました」

夕食のあとは、二人で語らいの場を設けよう。そして、雰囲気を作って、初夜のやり直しだ。もうレオナルドはジョゼフが未経験だとわかったのだから、昨夜のように無理やり挿入しようとはしないだろう。だがジョゼフなりに努力もしておこうと思う。

「スタンリー、例の性具を出しておいてくれないか」

「お使いになりますか?」

「一番細いものから、試してみようと思う」

「立派なお心掛けです」

スタンリーに褒められて、ジョゼフは俄然ヤル気になった。

　レオナルドは午後に数時間ほど外出したらしかったが夕方には戻ってきて、ジョゼフと夕食をともにしてくれた。

「レオナルド、昼間は外出していたそうですけど、どこへ?」

　ジョゼフは何事もなかったかのように振る舞った。レオナルドの方も、それを心得ているのか機嫌よさそうにがつがつと肉料理を平らげる。

「顔なじみのところへ行っていた。いままで王都にはなかなか帰ってこられなかったから、この機会にと思って」

　二人の前に並べられた料理は、明確に量がちがっていた。体が大きいからか、レオナルドはよく食べる。見ていて気持ちがいいほどどするすると美味しそうにたくさん食べるので、ジョゼフはあっけにとられた。ユリシーズもジョゼフより長身で体格はいいが日常的に体を鍛えているわけではないので、これほどは食べない。

「なんだ?」

　あまりにも凝視していたようで、レオナルドがフォークとナイフを持ったまま不審そうにジョゼフを見てくる。ジョゼフは慌てて「料理人の腕がいいですね。とても美味しいです」と愛想笑いでごまかした。料理が美味しいのは嘘ではない。レオナルドは自分が褒められたような笑顔になった。

「そうだな、俺もそう思った。この屋敷の使用人は父が俺たちのために厳選したと言っていたから」

「義父上のおかげなのですね。こんどお会いしたらお礼を言わなければ」

「ジョゼフに礼を言われたら父は喜ぶと思う」

さらっとそう返してきて、レオナルドは肉料理をお代わりした。

義父となったドナルド・バウスフィールドは貴族のあいだでは成金と陰口を叩かれることがあるが、ジョゼフは自分の実家が貧しかったので商売の才能がある人間を称賛こそすれ、蔑む気持ちはない。ドナルドは今回の結婚で、ジョゼフの実家に経済的援助を約束してくれた。とてもありがたく思っている。

ドナルドが稼いでくれているおかげで、好きなように騎士道を邁進していられることをレオナルドはよくわかっているようだ。だからドナルドを悪く言うことはない。そんな態度を、ジョゼフは好感が持てると思った。

できればドナルドから財産管理や領地運営について学びたいとジョゼフは考えている。バウスフィールド男爵家に嫁いできたのだ。将来、レオナルドは男爵家を継ぐことになる。自分たちの後継はレオナルドの妹たちの子供のだれかを養子に迎えることになるだろうが、その子たちに負の遺産など渡したくなかった。

食後は夫婦の居間に移り、距離を縮めるための会話に努めた。国境警備の話はなにもかもが物珍しくて、ジョゼフは楽しく聞いた。

「熊と出くわしたときは刺激しないように静かに去るしかない。もし熊が向かってきたら戦うが、あいつらはとにかく頑丈な体をしていて、仕留めるのは骨が折れる。実際に骨が折れたヤツもいる」

「それは大変ですね。警備の仕事だけじゃなくて野生動物を狩ることになるなんて」

「まあでも、熊の肉は美味い。毛皮も役に立つからな」

「食べちゃうんですね」

「その日はご馳走になる」

朗らかに話すレオナルドがおかしくて、ジョゼフは笑ってしまった。もっと話を聞かせてほしいとねだると、レオナルドは兵士たちの中には大工仕事が専門の班があって、行軍中に川があったら橋を架けたり、雪が降ったら荷馬車の車輪を外して橇にしたりすることがあると教えてくれた。

「そんな特殊技能者ばかりの班があるんですか。すごいですね」

「ほかには武器や防具の手入れ専門の兵士もいるし、軍馬専門の獣医もいるぞ」

「人間を診る医師だけでなく、獣医も？　知りませんでした」

　ジョゼフは国を守ってくれている王国軍についてなにも知らなかったことを反省した。レオナルドは面白おかしく話をしてくれたが、隣国ノヴェロ王国とときどき諍いが起きていることくらいは耳にしている。

「あなた方の働きで国民は安穏と暮らしていけているのに、無知でした。今後はもっと諸外国の情勢について敏感になろうと思います」

「そんなことはしなくていい」

本気でそう思ったのに、レオナルドは笑いながら首を左右に振った。

「俺たちは国を守るためにいる。国民はのんびり暮らしてくれればいい。国境を気にして眠れずにいられたら、そっちの方がいやだし、マズい状況ってことだ」

レオナルドが言いたいことはわかるが、本当にそれでいいのだろうか。

「でも、兵士たちは命がけで守ってくれているのに……」

「そう思ってくれてありがとう。でも大丈夫だ。兵士たちはすべてわかっていてこの仕事に就いている。みんな、親や兄弟、妻や子供がいるんだ。大切な人を守りたくて国境へ行く」

「そうなのですか。でもレオナルドの部隊は王都警備に従事することになったので、もうそれほど危険はありませんね」

「そうだな、当分は王都警備だ。いまのところ国境は落ち着いている」

それを聞いてジョゼフはホッとした。

レオナルドがしばし黙りこみ、おもむろに口を開いた。

「……すまないな、俺は繊細さとは無縁のつまらない男だ。こんな話しかできない」

「えっ、なにを言うのですか、とても楽しいお話でした」

「そうか？　楽しく聞いてくれたのならよかった」

レオナルドが手を伸ばしてくる。ジョゼフは自分の手が剣ダコのある大きな手に包まれるのをじっと見ていた。やはり触れられることに嫌悪はない。乾いた大きな手は、ジョゼフに安心感を与えてくれる。

「ジョゼフ、俺の暴言の数々は何度謝罪しても消えてなくなるものではないが、本当に悪かった。初夜をやり直したい。優しくする」

「はい……」

手の甲にくちづけをされ、ジョゼフはかすかに甘い痺れを感じた。レオナルドの濃い茶色の瞳がしだいに熱を帯びてくる。強い視線に、ジョゼフは頬に血が集まりそうになった。

コトンと硬質な音がして、ティーテーブルに小さな容器が置かれた。レオナルドが懐の隠しから取り出したのだ。乳白色の石をくりぬいて作られた、軟膏入れのように見える。

「これは？」

「今日、知り合いに分けてもらった。痛みがやわらぐ成分が入った軟膏だそうだ」

「…………は？」

レオナルドが得意げに容器の蓋を開け、中を見せてくれる。容器と似た色をした、とろりとした軟膏が入っていた。

「これで解せば、はじめてでもあまり痛みを感じることなく挿入できるらしい。こんなものがあるとは知らなかった。相談に行ってみてよかった」

ちょっと待て。こいつはなにを言っている。

「あなたはいったいどこのだれに、なにを相談しに出かけたのですか」

「子供のころ、祖父の道場で親しくしていた酒屋の息子が、下町で酒場をやっているんだ。そいつのところへ行ってきた。客商売をやっているんだから、きっと人との付き合いについて有益な助言をもらえるだろうと思って。国境に配属されてからはなかなか会いに行く暇がなくて数年ぶりだったが、驚いたことにただの酒場が三階建ての宿も兼ねた大きな店になっていた。しかも酒場には女給がたくさんいて、気に入った女給がいたら二階以上の部屋に連れていけるという便利な――」

「あなたも気に入った女を連れこんだのですか」

無意識のうちに声が低くなっていた。ギロリと睨みつけると、レオナルドは「え？」と顔を強張らせた。

「いや、いやいやいや、そんなことはしていない。行ったのは昼間だぞ。女給は二人しかいなくて、注文した飲み物を運んできただけだ。そこで昔なじみに男同士の性交について相談していたら、女給がこの軟膏を勧めてきて、分けてもらった。具合がよければもっとまとまった量を売ってくれるらしいから」

「なるほど、新婚早々、あなたは昼間から娼婦がいるような酒場へ行ったわけですね」

「いやだから娼婦ではなく女給だ」

「客と個室へ移動することができる女給は娼婦と変わらないでしょうが！」

うっ、とレオナルドが言葉に詰まる。

「どうせあなたは変装などせず、堂々とその酒場へ行ったのでしょうね。だれに見られるかわからないのに。結婚式の翌日にそんなところへ出入りして、私の面目は丸つぶれです。いったいどんな噂が流れることやら。あなたにとっては些細なことでしょうが、私には屈辱です」

「そ、そんなことまで……考えていなかった……」

呆然としているレオナルドに「考えてください」とジョゼフは涙目で抗議した。

「あなたはもう独り身ではないのです。すべての言動が私に繋がるのだと、もう自覚してください！」

ジョゼフはメラメラと燃えるような怒りに任せ、軟膏の容器を鷲掴みにすると窓へ向かった。カーテンを開き、窓を開ける。夏の夜空は澄み渡り、無数の星がキラキラと輝いていた。眼下には整えられたきれいな庭が広がっている。

ジョゼフは腕を振りかぶり、思いきり容器を投げた。星になってしまえとばかりに。

容器は月光を反射してキラリと光り、庭のどこかへ飛んでいく。

ジョゼフはひとつ息をつき、目を閉じた。夏の夜風が気持ちいい。

いくらか気持ちが穏やかになってから窓を閉めた。カーテンも引いて、くるりとレオナルドに向き直る。目が合うと、レオナルドはびくりと肩を震わせた。身構えたのは、またジョゼフに怒鳴られると思ったからか。

この脳筋クソ馬鹿野郎。レオナルドを罵る言葉を頭の中で数えきれないほど唱えながら、ジョゼフは優雅に頭を下げた。

「それでは旦那様、お休みなさいませ」

澄ました顔でさっさと夫婦の居間を出た。

もう当分、レオナルドと話すことはないだろうと思いながら。

◇

結婚式後の三日間の休暇を、レオナルドは満足に新妻の顔を見ることができずに過ごした。

使用人たちはレオナルドのやらかしを知っているからか、なんとなく当たりが冷たい。メイドたちはとくに冷たい目で見てくる。自分はこの屋敷の主人なのにあんまりだと腹が立ち、一度スタンリーを掴まえて愚痴った。会えないジョゼフの様子を聞き出すついでに。

「メイドたちがレオナルド様に冷たいのは当然でしょう。初夜にジョゼフ様を激怒させただけでなく、翌日に娼館へ出かけるなど、いったいどこに尊敬できる要素があるというのですか」

「俺が行ったのは娼館ではない」

「娼館の看板を掲げていなくとも、あれは娼館です。娼館を開業するには許可が必要ですが、正式な手続きを踏んでいない違法すれすれの店なのではないですか」

スタンリーはレオナルドを睨んできた。睨まれると睨み返してしまうのは軍人の習性か。

「なんだと、俺の知人を犯罪者呼ばわりか」

「そこまでは言っていません」

スタンリーはやれやれといった感じで首を左右に振る。

「いいですか、私はあなたの敵ではありません。ジョゼフ様の夫となったあなたにも仕えていきたいと思っております。できればジョゼフ様にはあなたと心穏やかな生活を送ってほしいと思っているのですよ、これでも」

眉間に深い皺を寄せたまま、スタンリーは強い口調でそう言った。

「あなたがジョゼフ様のことを思って真剣に悩み、知人を頼ったのはわかります。けれどやり方が稚拙すぎる。ジョゼフ様は完全にあなたに対して頑なになってしまわれました。ちょっとやそっとでは解消されないでしょう」

だからしばらくおとなしくしていてください、とスタンリーに命じられてしまった。まるでいたずらがすぎる子供に言い聞かせるようだった。どうしてこうなった——自分のせいか、と憂鬱な気分になりながら四日目には仕事に戻った。

王都警備の詰め所は、王城から少し離れた場所にある。新居からは馬でゆっくり移動して三十分くらいだろうか。

詰め所の中の執務室に向かうと、マリオンが待っていた。

「おはようございます」

「おはよう」

気詰まりだった屋敷から出ることができ、見慣れた副官の顔に帰ってきた感がある。

「三日間の休みはどうでしたか」

「どうもこうもない。さんざんだった」

身を投げ出すようにして椅子に座り、レオナルドは初夜からの出来事をザッと話して聞かせた。自分の失敗を羅列しなければならなかったわけだが、マリオンに夫婦の不和を隠しておけるほど器用な性格ではない。いずれバレるのなら、最初から話しておいた方がいいとの判断だった。

「それはまた盛大にやらかしましたね」

「ジョゼフの従僕に、当分はそっとしておくようにと言われたから、しばらくは顔も見られないだろうな」

「それは……残念ですね」

フフッと笑ったあと、マリオンは書類を差し出してきた。

「新妻にうつつを抜かす事態にはならないということで、まずは仕事をしていただきましょうか。部隊二百名全員の移動が完了しました」

書類は名簿だった。班ごとに国境から王都へ順次移動していたが、それがやっと終わったらしい。すでに先着した班から王都の警備がはじまっている。勤務表は休暇中に文官が作成してくれたので、レオナルドはそれを確認していった。

（もっと出世したら、ジョゼフは喜んでくれるだろうか……）

現在レオナルドは二百名の中隊を率いる中隊長だ。その上は千名の大隊長、一万名の師団長、さらに上に行くと帝国軍五万名の頂点、将軍となる。帝国軍の本来の最高責任者は国王だが、それは名目上だけで実際はハーラディーン将軍が全権を掌握していた。それはハーラディーンが名門侯爵家の出身であり、国王の全幅の信頼を得ている人格者だからにほかならない。歴史上、常にそうではなかった。

（将軍まで上りつめようとは思わないが……。せめて大隊長にはなりたい）

しかし出世するには戦績を挙げなければならない。貴族の中でも家格が低い男爵家出身で、一兵卒から騎士になれたのも、国境警備で活躍したからだ。一年か二年に一度、ノヴェロ王国と小競りあいが起こる。そこでレオナルドは先陣を切って戦い、隣国を退けてきた。王都警備に配属されてしまっては、戦績など挙げられない。

騎士になれたことで出世欲がかなり満たされていたレオナルドだが――。

（昇進すれば、ジョゼフは俺を少しでも見直してくれるだろうか。喜んでくれるだろうか）

わりと真剣にそう考えている。国境警備の逸話を楽しそうに聞いていたジョゼフだ。レオナルドが軍人であることを肯定してくれている。出世すればきっと祝ってくれるはず。

「マリオン、もしまた国境配備が打診されたら、迷わず受けるからな」

「いきなりなんですか」

「俺は武勲を立てたい」

「……ああ、なるほど。わかりました」

頭がよくて察しがいいマリオンはレオナルドの思考などすぐ読めるらしい。したり顔で頷かれて、レオナルドはバツが悪かったが訂正したり言い訳するつもりはなかった。

すべてはジョゼフのため。

レオナルドの頭の中は、四日前に妻になったばかりの青年のことでいっぱいになっていた。

◇

「結婚式から二週間がたったが、新婚生活はどうだ？」

発泡酒の細長いグラスを手にしたユリシーズにそう尋ねられ、ジョゼフは口ごもった。

二人の周囲には、着飾った紳士淑女がグラスを片手に談笑している。だれが聞き耳をたてているかわからないその中で、ジョゼフはあからさまに夫の悪口を言うわけにはいかず、ユリシーズに目で訴えた。

ジョゼフは結婚後はじめてユリシーズから観劇に誘われ、王都内にある歌劇場に来ている。

レオナルドを許すことができないまま二週間がたち、苛立ちは募っていた。自分の感情がままならず、鬱々（うつうつ）としていたところにユリシーズからの誘い。夫がいる身でありながら、他の男の誘いに乗って夜間に外出するのはどうかと迷ったが、スタンリーにも気分転換に出かけることを勧められ、おめかししてやってきた。

観劇は楽しく、一幕目が終わったところだった。置いていかれたかたちになったレオナルドが、屋敷でなにを思っているかは、いまは考えないでおく。

「まだ時間がある。あちらに行こうか」

露台（バルコニー）へと促され、ジョゼフはユリシーズの後ろに続いた。露台（バルコニー）には客が寛（くつろ）げるように椅子が何脚か置かれている。先客がいたが、ユリシーズが姿を現すと王子に場所を譲り、場内へ戻っていった。ユリシーズは窓を閉めて自分の護衛を立たせ、だれも入ってこられないようにしてくれた。

「その顔色だと、新婚生活はあまりうまくいっていないようだね」

「申し訳ありません」

「君が謝ることはない。そもそも王室都合の完全な政略結婚だ。最初から楽観視はしていなかった。けれど君には幸せになってもらいたい。力になれることがあるかどうかわからないが、なにかあったのか？　話せるなら話してごらん」

優しく唆されて、ジョゼフは口を開いてしまう。夫婦の秘め事を口外するなんてはしたない行為だと教育されていたのに、だれかに聞いてほしかったのだ。

「殿下、聞いてください、レオナルドはひどい男です」

怒濤のように不平不満が飛び出した。初夜の失敗から翌朝の暴言、特別な軟膏の入手先まで事細かに暴露し、夫を非難した。

「私は心の中で脳筋クソ馬鹿野郎と呼んでいます」

締めくくりにそう言うと、ユリシーズは爆笑した。腹を抱えて笑うユリシーズをはじめて見たジョゼフはしばし唖然としたあと、腹が立ってきた。

「なにがおかしいのですか、殿下。私は真剣に夫の愚行を訴えているのに、笑うなんて――」

「ああ、すまない、怒らないでくれ、あまりにも楽しそうな新婚生活で」

「楽しくなんてありませんっ」

二日目の夜からずっとレオナルドの顔を見ていない。彼からはスタンリーを通じて食事やお茶の誘いが来るが、ジョゼフはすべて断っていた。もう甘い顔は見せない。簡単に許すからレオナルドはつけ上がるのだ。

「そうか、そういうことか。今夜の誘いに君は乗ってこないかもしれないと思っていたんだが、なぜ出かけてきてくれたのかこれでわかった。噂というのは本当にあてにならないものだな」

目尻に滲んだ涙を指で拭いながらユリシーズが呟く。

「噂？　なんの噂ですか」

いやな予感にジョゼフは気色ばむ。レオナルドが新婚二日目に娼館まがいの酒場へ行ったことが、もう知れ渡ってしまっているのか。ジョゼフは妻失格の烙印を押されたのだろうか。

「悪い噂ではない。君たちが政略的な結婚でありながら、非常に仲睦まじく暮らしているようだ、という話だ。レオナルドは毎日、定時に詰め所を出て帰宅しているらしいじゃないか。同僚や部下たちが結婚祝いをしたいと飲みに誘っても、まだ一度も受けていない。これはよほど新妻が可愛くて一刻も早く新居に帰りたいのだろう、それほどジョゼフは魅力的で騎士道を極めていたレオナルドすら籠絡されたのだろうと噂されている」

予想と真逆の噂の内容に、ジョゼフは驚いた。

つまりレオナルドはジョゼフとの仲がうまくいっていないことを、だれにも漏らしていないということか。いやもちろん、貴族のたしなみとして家の中のことは、とくに夫婦のことは口を閉ざすのが常識だ。けれどそれをレオナルドに求めるのは無理かもしれないと思っていた。脳筋クソ馬鹿野郎だから。

「……たしかにレオナルドは毎日、寄り道せずにまっすぐ帰宅しているようです。私は出迎えなどしませんが、彼が帰ってくれれば使用人たちの動きでわかりますし、家令から報告も受けています」

「会ってくれないとわかっていながら君を気遣ってまっすぐ帰るなんて、健気じゃないか」

「新婚なのです。まっすぐ帰るのは当然でしょう」

こんなことくらいで許すものかと、ジョゼフはツンと顎を上げる。

「まあ、それはそうだ。しかしレオナルドのやらかしは相当だな。脳筋というのはあながちまちがいではないかもしれない。単純で浅はかで、剣を振り回すしか能がないとしたら考えものだ。十五歳で学院を中途で退学し、軍に入隊したのだったか。下級貴族の中ではよくあることのようだが、彼はもう少し常識というものを学んだ方がよかったのではないか？　君はこれから犬を躾けるように、彼を教育していくのか？　大変そうだ」

ユリシーズの嘲笑を含んだ口調に、ジョゼフはカチンときた。

「お言葉ですが、殿下、彼には彼なりの考えがあって行動しているのです。たしかに浅はかな男ですが、レオナルドを悪く言っていいのは伴侶である私だけです。そのようなこと、二度と言わないでください」

「なんだ、君は言うほどには彼を嫌っていないのか」

「……嫌っていません」

そうだ、ジョゼフはレオナルドを嫌いになっていない。しばらく顔を見たくないとは思ったが、二度と見たくないほどではなかった。彼には繊細さがないし、ジョゼフへの気配りもない。言っていいことと悪いことの区別すらついていない。けれどそのくらいでないと軍隊生活は続かないだろうし、戦場で武勲を立てることもできないだろう。あのくらいガサツな方が、部下たちにはちょうどいいのかもしれないし。

ユリシーズはグラスの中の発泡酒をひとくち飲み、息をついた。

「私はレオナルドに同情するよ。なんだかんだと不満を抱えているが、君は不幸そうではない。結婚して落ち着いたせいかな、きれいになったように感じる」

意外な言葉に、ジョゼフは「そうですか？」と自分の顔に手で触れた。自分の顔は毎日鏡で見ているが、とくに変化を感じていない。

そもそも、きれいになる要因が思い当たらなかった。結婚前は毎朝の習慣にしていた入浴と美肌のための手入れはもうやめてしまったし、食事内容もごく普通のものになっている。

「意に染まない結婚を、親にいつ強いられるか……君はずっと不安だったのではないか？　それが顔見知りのレオナルドと夫婦になり、たぶん心のどこかで安堵している。新婚早々ケンカをしてしまったとはいえ、レオナルドは君の歓心を買いたくて毎日急いで職場から帰ってくる。いまのジョゼフの顔には、不幸のカケラもない」

否定しようとして、ジョゼフは口ごもる。よく考えてみれば、レオナルドへの怒りはまだ解けていないが、それ以外にジョゼフを悩ませるものはなにひとつなかった。

新居はとても住みやすいし、使用人たちはよく働いてくれている。幼いころからいっしょだったスタンリーもいる。実家の経済状態はドナルドの援助により少しずつよくなっているようで、つい先日、母親から使用人を若干名だが増やしたことと、ひさしぶりに兄の子へ贈り物を買ったという内容の手紙が届いた。歴史ある公爵家にしてはささやかすぎる報告だが、いままでギリギリの生活だったのだ。母親の喜びが伝わってきて、ジョゼフは安堵した。

「……たしかに、不幸ではありませんが……」

「だろう？」

「あの、レオナルドに同情するとは、どういうことですか。私が神経質で頑固すぎると？」

「いや、そうじゃない。君の怒りは正当だ。ただ、若くて魅力的な新妻と暮らしていながら手を出せない生活は、男盛りのレオナルドにとって、どれほど苦痛だろうかと思ってね。みずからの暴言の報いを受けているわけだが、彼はよく我慢している」

「我慢？」

「初夜に君を抱こうとしたのだろう？　彼は夜の夫婦生活に意欲的だ。しかし、君に許されるまで、じっと我慢している。レオナルドがその気になったら、君など力で押さえつけることができるのに、それをしていない。彼は言葉の選択が悪くて暴言ばかりのようだが、暴君ではない。君の意思を尊重している。その点は、じゅうぶん紳士的だ」

「私の意思を尊重しているのでしょうか」

「そのように思えるね、私には」

レオナルドが紳士的だなどと感じたことがなかった。けれど、そう言われてみれば紳士的かもしれない。

毎日レオナルドからの「会いたい」「話をしたい」という伝言を聞いているが、ジョゼフは応じていない。ひとつ屋根の下で暮らしているのだから、レオナルドがその気になったらいつでも会えるのにいまのところ強引な手段は取ってきていなかった。

レオナルドは本当にジョゼフに悪いことをしたと反省して、そうした態度で気持ちを表しているのかもしれない。彼は人を思いやれないのではなく、その方法と加減を知らないだけだとしたら。

ジョゼフがひとつずつ教えればいいのかもしれない。

ユリシーズが言ったように、レオナルドを躾けていくのは大変だろうが、もう二人は夫婦になった。ジョゼフがやらなければだれがやるというのか。幸いにも自分たちに時間はたっぷりある。これから生涯、連れ添っていくのだから。

気長に、ゆっくりと、ひとつずつ乗り越えていけばいいのではないだろうか——。

結婚式から二週間。うまくいかない新婚生活に苛立っていたジョゼフは、ふっと心が軽くなったような感覚に包まれた。目の前が急に明るくなった気がして、ジョゼフはユリシーズに微笑みかけた。おや、といった感じでユリシーズが笑みを返してくれる。

「なにか突破口が開けたのかな？」

「はい。殿下のおかげです。ありがとうございます」

「なにか金言(きんげん)めいたことを言ったつもりはないが、有益な助言を渡せたのならよかった」

ジョゼフはもう帰りたくなってきた。まだ幕間で、最後まで観劇していくとあと二時間はかかる。ひさしぶりに歌劇を楽しんだ高揚感はあるが、それよりもレオナルドと話をしたいと思った。

ふとユリシーズが閉めきった窓を振り返った。つられてジョゼフも視線をやると、ガラスの向こう側でユリシーズの護衛とだれかが言葉を交わしているのが見える。王族が人払いをしているとわかっていて露台(バルコニー)に出てくる失礼な貴族は王都にはいないはずだった。

しかし窓を開けて姿を現したのは、アンドリューだった。

「兄上」

ユリシーズが意外そうな表情で立ち上がる。ジョゼフも慌てて立った。アンドリューも今夜この歌劇場に来ていたとは知らなかった。

「やあ、ジョゼフ。ひさしぶりだ。元気だったか？」

アンドリューはまっすぐにジョゼフへ歩み寄ってくると、気安い笑顔とともに手を握ってきた。両手をぎゅうと握られて、ジョゼフは戸惑いを隠しつつ外向きの微笑を浮かべる。

「アンドリュー殿下、おひさしぶりです。お会いできて光栄です。殿下がこちらにおいでとは存じあげず、ご挨拶が遅れてしまい申し訳ありませんでした。私はとても元気にしております」

「そうか、元気ならばいい。いや、君がここにいると聞いて、急いで馬車を走らせてきたのだ。ユリシーズ、ジョゼフと観劇の予定があったのなら私にも教えてほしかったぞ」

「申し訳ありません。私の配慮がいたらず」

ユリシーズは余計なことをいっさい言わず、静かに頭を下げる。

「あいかわらず美しいな、ジョゼフ」

「ありがとうございます」

「新婚生活はどうだ？　レオナルド・バウスフィールドとうまくいっているという話を耳にしたが、本当のところはどうなのだ。なにか問題は起こっていないか？　家同士が決めた結婚に、すれ違いはつきものだと聞くからね」

ジョゼフは微笑を崩さなかった。いままでアンドリューの親切な声がけを、ジョゼフはただありがたいとしか思っていなかった。けれど、いまはただの親切ではないとわかっている。そして、応えてはいけないことも承知していた。

「殿下のお心遣い、大変ありがたく存じます。けれど新婚生活は順調です。なにも問題は起こっておりません」

きっぱりとジョゼフは言いきった。目に見えてアンドリューの顔から笑みが消えていく。

「レオナルドは将来の王国軍を背負って立つ人物だと思っております。そんな夫を私は生涯にわたって支えていく所存です」

「……そうか……」

悲しそうな顔になったアンドリューはゆっくりと視線を落とし、ジョゼフの左手薬指にはめられた結婚指輪を見つめた。指先でそっとその指輪に触れてくる。

そこに鐘の音が厳かに響き渡った。次の幕が上がる合図だ。ロビーで談笑していた紳士淑女たちが、係員に誘導されながら座席に戻っていく。潮が引くように周囲が静かになった。

「兄上をお連れしろ」

ユリシーズが護衛の一人に命じると、「殿下、こちらへ」と促され、アンドリューはのろのろと歩きはじめた。ちらりと一度だけ振り返ってきたが、視線を断ち切るようにジョゼフは頭を下げた。ロビーには劇場の係員だけが残り、グラスを片付けている。

「殿下、私はこのまま帰ります。その方がいいですよね」

「すまない。ありがとう。終わったあとに兄上が君を見つけると寄っていきそうだからな」

はあ、とため息をつき、ユリシーズが星空を振り仰いだ。

「じつは兄上の婚約が決まりそうなのだ」

「そうなのですか。おめでとうございます」

「相手は王家と繋がりが深い侯爵家の令嬢だ。やっと兄上が前向きになってくれた。君が結婚してくれたおかげだ。感謝している」

「……はい」

ジョゼフはこの国のためにも、そして自分とレオナルドのためにも、この膠着状態から脱しなければばと思った。

かといって、すぐにレオナルドと同衾する勇気はまだ持てていない。スタンリーが手に入れてくれた淫具で自分の後ろを少しずつ慣らしている最中だが、レオナルドのあの立派なものを受け入れるには、まだまだ時間が必要だ。ジョゼフの態度が軟化したと知るや、あの男はすぐ迫ってくるかもしれない。脳筋なりに紳士であろうと努力しているのは褒めてやりたいが、かなり野性が残っているクソ馬鹿野郎だから。

歌劇場から帰宅したジョゼフは、スタンリー経由でレオナルドからの伝言を受け取った。

明日の朝食をともにしないか、といった内容だ。ジョゼフはしばし考え、「わかった」と返事をした。スタンリーはジョゼフの着替えを手伝いながら「お受けしますか」と確認してくる。

「受ける」

「今夜の気分転換は効果があったようですね」

「おおいにあった。有意義な観劇だった」

「途中でお帰りになったのに、ですか」

「そういうこともある」

スタンリーからは、いくぶん安堵した空気が感じられた。忠実な従僕は、やはり主人であるジョゼフの歪な新婚生活を憂いていたようだった。

　翌朝、食堂で顔を合わせたレオナルドは、キラキラした目でジョゼフを見つめてきた。

「おはよう、ジョゼフ」

「おはようございます、レオナルド」

　こちらは二週間にわたる冷戦に疲れているというのに、夫は健康そのものといった感じだ。

　ムカつかないでもないが、レオナルドが体調を崩しては仕事に支障をきたすので、これでいいのだろう。

「なんだか今朝は食事が美味いな。きっとジョゼフがいるからだ」

　下手なおべんちゃらを言いながらもレオナルドはあいかわらずの食欲を見せて、ジョゼフが丸いパンを一個食べているあいだに五個も胃におさめていた。ちゃんと噛め。

「昨夜はユリシーズ殿下に誘われて歌劇を観てきたそうだが、面白かったか？」

「はい、楽しめました」

「殿下はお元気だったか？」

「変わらず、お元気でした」

　ちょっとした会話をしながらも、レオナルドはつぎつぎと皿を空にしていく。見ていて気持ちがいいほどだ。

「夕食はどうする？　もしよければ、俺といっしょに――」

「これからは毎日、朝食と夕食はともにしましょう」

えっ、とレオナルドが手を止める。じわじわと笑顔になっていくレオナルドに、ジョゼフは釘を刺した。

「誤解しないでください。全面的にあなたを許したわけではありません。けれどこのままでは夫婦とはいえないと思ったまでです。とりあえず、食事はいっしょに取りましょう。それ以上のことは、今後のあなたの態度次第です」

「そうか、わかった。わかった！」

にこにこと満面の笑みになったレオナルドは、本当にジョゼフの言葉の意味を理解したのかどうか。

彼はその後、林檎（りんご）を二つも丸かじりして、驚いたことに芯まで頑丈そうな歯で噛み砕いた。

「はじめまして、副官のマリオン・オルコットと申します」

結婚後、はじめて玄関まで見送りに立ったジョゼフは、所用があったらしく迎えに来た副官のマリオンにはじめて会った。軍人にしては珍しい長髪が、不思議とよく似合う。

「では、行ってくる」

騎乗し、マリオンを従えて出勤していくレオナルドは堂々としていて威厳が感じられ、やはり格好よかった。これから毎朝見送りをしようと決め、ジョゼフは機嫌よく屋敷の中を見て回った。

午前中、使用人たちは掃除や洗濯にいそしんでいる。厨房では料理人たちが出入りの業者から食材を受け取っていたり、庭師は広い庭を忙しく動き回っていたり。ジョゼフは彼ら彼女らの仕事の邪魔をしないていどに声をかけ、労った。つまり、暇なのである。

レオナルドの父が厳選してくれたという使用人たちはみな真面目で有能。監督役の家令も完璧に仕事をこなしていて、ジョゼフがやることはなにもなかった。読書をしたり、バイオリンを弾いてみたりするが、毎日それだけでは飽きてしまう。

「貴婦人たちが噂話に興じる気持ちがわかるな……」

噂くらいしてみたくなる。女性の多くは子供を産み育てることで数年は忙しい日々を送るのだろうが、ジョゼフにはそれもないのだ。

「なにかあたらしい分野の勉強をはじめますか？　家庭教師を雇いたいとレオナルド様にお願いしてみては？」

スタンリーに提案されて、「それはいいな」とジョゼフは乗り気になった。

「なにを学ぶか、少し考えてみよう」

午後になってから、ジョゼフはふたたび屋敷の中をぶらぶらと散策した。

すると裏口脇で、家令がだれかと立ち話をしているのを見つけた。使用人ではなく、身なりがいい貴族の紳士だ。よく見てみると、痩せぎすのひょろりと背が高いその男はレオナルドの父ドナルドだった。

「ドナルド様、こんなところからお入りにならなくとも正面からお越しくだされば――」

「いや、ジョゼフに見つかったら何事かと思われるだろう。こっそり様子を見に来ただけだから。私が来たことは内緒にしてくれよ」

そんな会話が聞こえてきて、ジョゼフは耳をそばだてた。

「レオナルドとジョゼフはどうだ。まだ冷戦状態か？」

「そのことですが、今朝はお食事をごいっしょに召しあがっていらっしゃいました。その後、ジョゼフ様はレオナルド様がお出かけの際に玄関までお見送りに立ってくださって」

「なんと、ジョゼフが？　ありがたいことだ。レオナルドは喜んでいただろう」

「はい、ひさしぶりに笑顔を浮かべていらして、私どもも明るい気分になりました」

そうかそうか、とドナルドは嬉しそうに頷いている。どうやら息子夫婦の仲が気にかかり、様子を聞きに来たらしい。舅（しゅうと）に心配をかけていたことを知り、ジョゼフは申し訳なく思った。

「今後は朝食と夕食はともにしようとジョゼフ様が提案なさり、レオナルド様はそれをお受けになりました」

「ジョゼフは心の広い、聡明な人だな。レオナルドのような浅はかで無神経な男に腹を立てつつも見捨てずに、歩み寄ろうとしてくれている」

「ジョゼフ様は私どもにも大変お優しく、いつも気を遣ってくださいます。使用人に居丈高（いたけだか）に命じる姿など一度も見ておりません。アシュワース家の教育方針がそういうものだったのでしょうか。ジョゼフ様はお姿だけでなく、そのお心も清く美しいのでしょうか」

家令にめちゃくちゃ褒められて、ジョゼフは恥ずかしくなってきた。自分は特別なことをしているつもりはないのに。実家のアシュワース家は貧乏だったので使用人たちの給金もあまりよくなかった。それでも働いてくれている者たちに対して、家族はいつも感謝していた。給金並みの労働にプラスして忠誠心や細かな心遣いを求めるなら、信頼関係を結ぶことが大切だとジョゼフは実家で学んでいただけだ。

「王家主導の結婚だったが、レオナルドはいい嫁をもらった。幸せ者だな」

立ち聞きしているところを見つかったら居たたまれないので、さっさとこの場を去った方がいいかもしれない。そっと後退りしようとしたら、「ジョゼフ様、こんなところでなにを？」と通りすがりの使用人に声をかけられてしまった。

ハッとしたようにドナルドと家令がこちらを向く。ばっちりと目が合ってしまった。

「こんにちは、義父上。おひさしぶりです」

観念して、ジョゼフは舅に頭を下げた。

不調法にも立ち聞きしていたことは咎められず、ドナルドに場所を移して話をしたいと言われて応接室へ移動した。賓客を招く部屋である応接室は、華美ではないが品のある家具調度品が揃えられている。成金と揶揄されるドナルドだが、正当な審美眼の持ち主だ。

緩やかな曲線が優美な椅子とテーブルにつく。ジョゼフはドナルドと向かいあってみて、いまさらながら目元がレオナルドに似ているなと気づいた。結婚する前、何回もドナルドとこうして顔を合わせていたのに。

「元気そうだ、ジョゼフ。いや、あらためて言うのもなんだが、本当に美しいな」

しみじみと舅に容姿の感想を述べられて、ジョゼフは苦笑いした。

「愚息があなたにさんざん無礼な言動をしたことは、家令から報告を受けていた。本当に申し訳ない。私の育て方のせいだ」

「義父上のせいではありません。彼は十五歳で王国軍に入隊し、以来ずっと宿舎生活だったと聞きました。軍には平民もいますから、十数年もそこで揉まれていればそのように、その、少々言葉が過ぎるようになってしまうのでしょう」

「そんなふうに理解してもらえている幸運を、レオナルドはわかっているのだろうか」

ドナルドはため息をついた。

「あいつの無神経なところは、たぶんそう簡単には修正できないだろうが、見捨てずに連れ添っていってほしい。見方を変えれば、裏表のないわかりやすい性格ともいえる。それに体力だけはあるから、そう簡単には壊れない。必要ならばこき使ってやってくれ」

ドナルドは息子のことをよく理解しているようだ。真顔で面白いことを言う。

「義父上がお聞きになったように、私とレオナルドはまだ夫婦らしくありません。でもこのままでよくないと思っております。時間はかかるかもしれませんが、二人で支えあっていけるようになりたいと考えております」

「ありがとう。君のような人が息子の嫁になってくれて、こんなに嬉しいことはない」

ドナルドは目を潤ませて笑った。

それから少し、ジョゼフはドナルドの仕事について話を聞いた。実家への援助について礼も述べた。手広く商売をしているドナルドは物知りで、話も上手だ。実家も関わることになった新規事業の件も興味深く聞いていて、ふとジョゼフはドナルドから財産管理や領地運営について教えを請いたいと考えていたことを思い出した。

それに、毎日暇すぎるのでなにかあたらしいことを学ぶのはどうかという、スタンリーの提案も頭に浮かぶ。

「義父上、商売は面白いですか」

「面白いね。毎日が刺激的で、飽きることはない。私の父は騎士で、息子も騎士になった。彼らは剣で国のために戦ったが、私は私で商いの場で国のために戦っているつもりだ。物資を流通させ、庶民のために売買し、発展のための投資もする。私はたしかに成金だが、私のような人間もいないと国は回らない」

ドナルドはおのれに自信があるようだ。その痩身にぐっと力が漲ったように見えた。

ジョゼフは商売に興味が湧いた。

「あの、義父上、大変唐突なお願いなのですが――」

「ん？　なにかね？　君の頼みならなんでも聞こう」

「義父上のお仕事の一部を、私がお手伝いすることは可能でしょうか」

ドナルドが目を丸くして硬直するのを、ジョゼフは「おや、こんな表情をするとレオナルドにそっくりだ」と変なところに感心しながら見つめた。


ジョゼフの「お願い」を、ドナルドは持ち帰って周囲の者と相談すると言い、その日は帰っていった。

「なるほど、商売の勉強をしたいと」

話を聞いたスタンリーは頷き、「よろしいのではないでしょうか」と言ってくれた。

「ジョゼフ様は以前から財産管理や領地経営について興味がおありでした。ドナルド様から学びたいとも仰っていましたから」

「覚えてくれていたのか」

「当然です」

スタンリーに賛成してもらえて、ジョゼフは俄然ヤル気が漲ってきた。

「義父上が受け入れてくだされればいいのだけれど」

「あとはレオナルド様がどうお思いになるかですか」

「そうだね……」

　ジョゼフはスタンリーと顔を見合わせた。

　義父のドナルドが受け入れてくれても夫のレオナルドが反対したらダメなのではないかと心配していたのだが、それは杞憂だった。

「ああ、いいんじゃないか」

　夕食後に談話室で「じつは」と話をしたら、レオナルドはあっさりと許可してくれた。

「いいのですか？」

「毎日暇そうだったから、なにかはじめてみてはどうかと俺から言った方がいいのかと考えていた」

「ありがとうございます！」

　喜びのあまりジョゼフはレオナルドの手をガシッとばかりに握りしめた。目を見開いたレオナルドの表情にジョゼフは我に返り、焦って手を離す。

「あの、頑張って学びます」

「ああ、うん、まあ、頑張って」

　俯いた二人は、黙りこんでちびちびとお茶を飲んだ。その様子を、お茶のお代わりを運んできたスタンリーは温い目で眺めた。

翌日、ドナルドから手紙が届き、検討の結果、ジョゼフの受け入れが決まったと知らされた。そして翌々日のレオナルドの休日にドナルドが屋敷にやってきて、ジョゼフの勤務日程を三人で話し合うことになった。

ジョゼフは、まずは週に三日バウスフィールド家へ行くことになった。下働きからはじめ、昼食は従業員たちとおなじものを食堂で食べる。休憩室もほかの従業員とおなじ場所だ。

「父上、ジョゼフを特別扱いしろとは言いませんが、それではあまりにも——」

レオナルドが難色を示そうとしたので、ジョゼフは慌てて「その条件で構いません」と口を挟んだ。

「レオナルド、心配するな。状況を見て、ジョゼフの労働環境は変えることができる」

「頼みますよ」

レオナルドがむっつりと不満顔でドナルドを睨むものだから、ジョゼフはひやひやした。

「では、来週から、よろしくお願いします」

「待っているよ」

ドナルドが帰ってから、ジョゼフはレオナルドに抗議した。

「私があたらしいことをはじめるのは賛成だと言ってくれたのに、義父(ちち)上が提示した条件に異を唱えたのはなぜですか。私は未経験者ですから、どんなに条件が悪くても受け入れてもらっただけでありがたいと思っています」

「……ジョゼフがほかの従業員とおなじ扱いなのは気に入らない。危ないだろう」

渋面で呟くレオナルドに、ジョゼフは「なにが危ないのですか」と首を捻る。

「義父上は私にいきなり危険な作業はさせないと思いますけど」

「仕事内容のことじゃない。いやもちろん仕事内容も気になるが、ジョゼフに懸想する輩がぜったいに大量出現するから、それが危ないと言ったんだ」

「はあ？」

ジョゼフは本気で呆れた声を出してしまった。レオナルドは冗談ではなく本当にそんな心配をしているようだ。

「もし言い寄られても、きっぱり断れ。そして父に報告しろ。そいつをクビにさせるように言っておく」

「あなたは私をまだ節操なしだと思っているのですか」

「そんなことは思っていない。ただジョゼフの身の安全のために――」

「大丈夫です。私は学ぶためにバウスフィールド家へ行くのですよ。毅然とした態度でいれば、そんな不埒な輩が寄ってくるわけがありません」

「君は自分の美しさを自覚していないのか？　そんなわけはないよな。過小評価しているのか？　そうだ、スタンリーを連れていったらどうだ？」

「従僕を連れていくわけがないでしょう。どれだけ過保護なのかと笑われるのがおちです」

ううむ、と頭を抱えて唸ってしまったレオナルドに、ジョゼフも困惑してしまう。

「まさか、いまさらバウスフィールド家に行っては駄目だと言いませんよね？」

「言わない……言わないが、気をつけてくれ。君は人妻なんだ。俺の大切な伴侶なんだ」

えっ、とジョゼフは言葉に詰まり、「わかりましたよ」とふて腐れた感じで返すことしかできなかった。人妻、俺の大切な伴侶、という言葉にちょっとばかりドキドキしてしまう。

レオナルドはジョゼフを美しいと思い、自分の妻なのだからだれかに言い寄られては困ると心配をしているのだ。

（そうか、レオナルドは本当に私のことを大切だと思ってくれているのか——）

胸の奥がむずむずする。これはたぶん嬉しい気持ち。ひそかに喜び、ジョゼフはそれを噛みしめた。

◇

「なんと、ジョゼフ殿は商売の勉強をはじめたんですか」

「そうだ」

マリオンの驚きを、レオナルドはため息をつきながら受け止めた。

王都警備の詰め所にある執務室で、二人は書類仕事をいったん止めて休憩していた。マリオンが淹れてくれたお茶で渇いていた喉を潤す。

「よく許しましたね」

「許したというかなんというか……。まあ、修行先は俺の実家だ。父が責任を持って預かると言ったから、大丈夫だろう。それに毎日じゃない。週に三日だけだ。結婚してからジョゼフは屋敷で時間を持て余していたようだから、なにかしたかったんだろう。一度だけユリシーズ殿下に誘われて歌劇場に出かけたが、それだけだった」

「結婚前は毎日なにをしていたんですか？」

「花嫁修業というもので忙しくしていたらしい。美容とか、バイオリンの稽古とか」

「ああ、なるほど」

「ジョゼフ自身がやりたいことを見つけたのは喜ばしいんだが……悪い虫が寄ってこないか、それだけが心配だ」

「でしょうね」

マリオンの同意を得て、レオナルドは「おまえもそう思うだろ？」と勢いづいた。

「ところが肝心のジョゼフ本人がまったく気にしていないんだ。あんなに美人なのに、ぜったいに危険なのに」

「そのあたりのことはお父上が配慮してくださるのでは？　ジョゼフ様がバウスフィールド家へ行きはじめてからどのくらいになるんですか」

「まだ一週間だ。いまのところ何事もないが、これからもそうとは限らない」

「仕事を抜け出してご実家まで様子を見に行かないでくださいね」

「そんなことは、しない……たぶん」

頼りない返事にマリオンが眇めた目でじっとりと凝視してくる。

「そんな目で見るな。行かないから」

「約束ですよ」

そろそろ休憩を終わらせて書類仕事に戻ろうか、というころ、文官がやってきて将軍ハーラディーンがここに立ち寄ると伝えた。マリオンはすぐに広げていた書類を片付け、将軍を出迎える準備をはじめる。レオナルドは鏡で身なりを整えてから詰め所の玄関口まで出迎えのために移動した。

ほどなくしてハーラディーンが愛馬に跨がり、護衛兵とともに姿を現した。いつもの溌剌とした表情でひらりと馬を下りた将軍は、レオナルドを一瞬だけ鋭い目で見つめた。

なにかあったな、と勘でわかる。もちろんその場ではなにも言わない。挨拶だけをして執務室に促した。執務室ではマリオンがハーラディーンのためにお茶を淹れて待っていた。

「レオナルド、結婚生活はどうだ」

「おおむね順調です」

「そうか、それはよかった」

椅子に座り、ハーラディーンはひとくちだけお茶を飲む。しばし考えこむように黙ったあと、おもむろに口を開いた。

「また国境へ行ってもらうことになるかもしれん」

予想がついていたのでレオナルドは驚かなかった。

「ノヴェロ王国側になにか動きがありましたか」

「あちら側が国境付近の兵士を増員しているらしいという報告が届いた。兵糧もあきらかにいつもより多く運びこまれている。近いうちに仕掛けてくる可能性があると見ている」

「いつ移動しましょうか」

レオナルドは自分の部隊が国境での戦闘において有能だとわかっている。国境周辺の地形を熟知しているし、兵士は精鋭揃いだ。将軍に頼りにされていることも自覚していた。

「時期は追って伝える。一週間後か、一カ月後かはまだいまの時点ではわからない。もしかしたら明日となるやもしれん」

「わかりました。いつでも出立できるよう、準備を整えておきます」

「頼む。新婚なのに悪いな」

「いえ、俺は騎士です。国のためにいつでも戦場に立つ覚悟はできております。ジョゼフも理解してくれているでしょう」

ハーラディーンは重々しく頷くと、マリオンにお茶の礼を言って去っていった。

「つかの間の平穏でしたね」

カップを片付けながらマリオンが肩を竦める。

「部隊の全員に事態を連絡してくれ。命令が下りしだい、ふたたび国境へ移動する」

「わかりました」

「王都警備が手薄にならないよう、国境からどこかの部隊が引き揚げてくるはずだ。そちらとも連携が取れるよう、連絡を密にしろ」

マリオンが隣室から文官を呼び入れ、慌ただしく動き出した。戦闘が予想されるなら装備の補強もしなければならない。医療品と軍馬の確保、食糧の手配など、やらなければならないことは山ほどあった。

レオナルドは部隊二百名の名簿を取り出しながら、ジョゼフにいつどのように話そうかと考えた。

ハーラディーンからノヴェロ王国の不審な動きを告げられてから半月ほどがたった。まだレオナルドの部隊は王都にいる。すでにいつでも移動できるよう準備は整っていた。

いつもなら「来るなら来い」「手柄を立ててやる」という高揚感がじわじわと湧き上がってくるのに、今回はそんな気分になれなかった。どうしてなのか、レオナルド自身にもわからない。

　このままの気持ちで国境へ行っても大丈夫だろうか。レオナルドの士気が上がらないと、もしかしたら部隊全体の働きに影響があるかもしれない。こんなことははじめてで、レオナルドは困惑している。

「レオナルド、どうかしましたか」

　ジョゼフに名を呼ばれて、レオナルドはハッとした。テーブルを挟んだ正面に座ったジョゼフが気遣わしげな表情をしている。夕食後に談話室へ移り、二人でお茶を飲んでいる最中だった。

「どこか具合でも悪いのですか？」

「いや、大丈夫だ、具合は悪くない。仕事のことを考えていて、ぼんやりしてしまっただけだ」

「そうですか……。でも食事中もときどき手が止まっていました」

　いつまた国境に配備されるかわからないことを、まだ話せていない。それについて思い悩んでいたとは言えなかった。

「あなたはいつも元気よく食事をするので、私はそれに慣れてしまっていました。最近よく物(もの)憂(う)げな様子で食べています。どこか具合が悪いのかと――」

「いや、本当に具合は悪くない。万全の体調だ。そもそも俺はめったに体調を悪くしないから。

ものすごく丈夫な体をしているのが自慢だ。部隊についてちょっと考えることがあっただけだ」

「本当にお仕事のことで？」

「そうだ、少々やっかいな問題が起きていてな。体調のせいではない」

そうくりかえしたが、ジョゼフの顔は晴れない。

そんなにいままでガツガツ食べていたのだろうか。ジョゼフに心配をかけないよう、明日からは気をつけて食事をしなければいけない。

「あの、レオナルド」

「なんだ？」

「もしかして、私が義父上のところで商売の勉強をしていることが気に入らないのではないですか？」

レオナルドはびっくりした。憂い顔のジョゼフは冗談で言っているわけではないらしい。

「え？　そんなこと、俺はひとことも口にしていないぞ？　していないよな？」

「していませんけど、私がバウスフィールド家で見聞きしたことを話しているときに、レオナルドは決まって上の空といった顔になっていますから……」

「そうだったか？」

「そうでした。だからこういった話は聞きたくないと態度で示しているのかと思って」

ジョゼフが唇を噛み、視線を手元に落とす。白金色の長い睫毛が美しく、目を奪われそうになった。いかん、それどころではない。

「あー、えーと、それは勘違いだ。俺は本当に仕事に関する考え事をしていた。ジョゼフが俺の実家の話をしていたときに聞いていなかったのは、たまたまだと思う。聞いていなくてすまない。悪かった」

レオナルドはそっと手を伸ばし、ジョゼフの手に触れた。振り払われることなく、手を握るのを許される。ぎゅっと握ってみた。全力で握ったらジョゼフの細い手は砕けてしまいそうで、力加減が難しい。

「俺は父のところでジョゼフが学ぶのはいいことだと思っている。次からはきちんと話を聞くから、なんでも話してくれ」

「反対してはいないのですね？」

「反対などするはずがないだろう。俺はジョゼフがあたらしく興味があるものを見つけたことを喜ばしく感じている」

「本当ですか」

「本当だ」

ジョゼフが安堵したように表情を緩めた。口元を綻ばせたジョゼフから目が離せなくなる。

（こんなに可愛い表情をする青年だったか……？）

なんだか最近、ジョゼフがすごく可愛い。

以前から怖いほどの美貌を誇る青年で、笑顔が輝くようだとは認識していた。ちょっとしたしぐさまで優雅で、深窓の令嬢並みに嫋やか。結婚してからは色気も感じていたし欲情もしていたが、最近は可愛らしさが印象的な表情を見せるようになった。

新婚初夜と翌日の失態を許してくれてからというもの、少しずつ距離が縮まっている。ジョゼフが歩み寄ろうと努力してくれているからだ。レオナルドも言動には気を遣うようにしていて、ジョゼフを大切に思っていることが伝わるように努めていた。

「商売は楽しみながら学べそうか？」

「はい、見ること聞くことがすべて新鮮で、最初は目が回るような忙しさだったのですが、だんだん慣れてきました。とても楽しいです。それに、バウスフィールド家に出入りする方たちはみなさん優しくて、私の疑問にとても丁寧に答えてくれます。素人丸出しのなにもわかっていない基本的な質問なのに嫌な顔ひとつせずに教えてくれるのです。一言一句、聞き漏らさずにいようと気を張るので、一日が終わったあとはくたくたになります。けれど充実感に溢れているのです」

ジョゼフは金色の瞳をキラキラさせて、饒舌だ。レオナルドはうんうんと相槌を打ちながら聞いた。

「来週からは、書類の清書を担当するように義父上に言われています」

「書類の清書？」

「その、私の字がきれいだと褒めてくださって、それに私のことを信用しているからと、重要書類を正式な書式で、専用の紙に書く役目を仰せつかりました」

「ほう、それは大切な役目じゃないか」

「頑張ります」

ジョゼフが気合のこもった目で宣言するものだから、本当に可愛くて困った。

重要書類を任せるとは名案だ。ジョゼフはそれだけでずいぶんと勉強になるだろうし、現場にあまたいる不調法な者たちから距離を置かせることもできる。ジョゼフはみんな親切だと受け止めたようだが、その中にはよこしまな思いで近寄る輩もいたのだろう。ドナルドなりに対策を講じたらしい。

もちろんジョゼフを信用しているからこその役目だ。重要な書類から知った取引相手のことや仕入れ値や売り値のことなど、ジョゼフはけっして口外しないと確信しているからこそ任せると決めたにちがいない。それをジョゼフも理解している。

逆にジョゼフもドナルドを信頼しているようだ。貴族の中では成金と蔑む者も少なくないというのに。

「俺の父を君がそれほど買ってくれているとは知らなかった」

「私はもともと義父上から領地経営や財産管理などを学びたいと思っていました。お金の大切さを、私はよく知っています。義父上の才覚を尊敬しています」

きっぱりと言いきってくれたジョゼフに、レオナルドは感動を覚えた。

「ありがとう」

「お礼など言わないでください。私にとっては当然のことです」

潔く言ってくれるジョゼフは可愛いだけでなく、凛々しくて格好よかった。

「時間はかかると思いますが、もっといろいろと学んで、バウスフィールド家の役に立ちたいのです。あなたが安心して騎士の務めが果たせるよう、家を守っていきたい。商売の方も、義父上の右腕まではいかなくとも、右脚くらいにはなりたいです」

「右脚か、それはいい」

レオナルドが思わず笑うと、ジョゼフも笑った。その屈託ない笑顔に見惚れてしまう。

なんて可愛いのだろうか。

そのとき、レオナルドは唐突にひらめいた。

なぜ三年前にはじめて出会ったとき、ジョゼフから目が離せなかったのか。なぜ王子ユリシーズの寵愛を受けているジョゼフに腹が立ったのか。なぜ自分に縁談が来るたびに相手をジョゼフと比べてしまっていたのか。

そしてなぜ、ジョゼフとの初夜であれほどの醜態を晒してしまったのか——。

おそらく、自分ははじめて会ったときからずっとジョゼフに好感を抱いていた。

だからユリシーズに嫉妬をし、ジョゼフをどうにかしたいと思い続け、他の者と結婚する気になれなかった。三年間も自覚がないままに片想いをしていたのだ。

それがいよいよ報われると思った初夜に、酔っていたこともあり興奮しすぎて愚かにもあんなことを言ってしまった。ダメ押しのように翌朝も暴言を吐いた。

自覚していたら、おそらくもっとジョゼフを丁重に扱っただろうし、紳士的に振る舞えたにちがいない。鈍感にもほどがある。

政略的な結婚ではあったが、ジョゼフはとても前向きで、現状を受け止めながらも自分らしく生きていこうとする姿勢は見習いたいとまで思った。

毎日、ジョゼフの笑顔を見ることができて、レオナルドは幸せを感じている。

もうジョゼフがいない人生など考えられない。

いつのまにか、レオナルドにとって、ジョゼフはなくてはならない存在になっていたのだ。

（これは、愛だろうか……）

そうだ、きっとこれが愛というものだ。

レオナルドはジョゼフを愛している。まぎれもなく。

自分の気持ちがわかったとたん、いつ国境へ配置されるかわからない状況に胸が詰まった。

（こんなに愛しい妻を、俺はこの屋敷に置いていくのか）

名実ともに生涯の伴侶になろうと努力してくれている、美しく賢く健気な新妻を、王都に置いていかなければならない。いつ帰るか明言できないまま、戦場へ行くのだ。

「レオナルド、どうかしましたか」

無言で遠くを見すぎていたらしい、ジョゼフが小首を傾げて顔を覗きこんできた。熟れた果実のような唇が目に入る。化粧などしていないのに、ずっと美容に気をつけていたらしいジョゼフの肌は染みひとつなく真っ白で、唇はふんわりと膨らみツヤツヤとしている。

結婚式で、この唇に触れた。初夜では舌を絡めるほどのくちづけもした。ほんの一カ月半ほど前のことなのに、はるか昔の記憶のように感じる。

「またお仕事のことを考えていましたか?」

「……そうだ。すまない」

「いいえ、王都の警備は重要なお役目です。私は王国軍の事情をまったく知りませんが、二百名もの兵士をまとめる職務が大変なことくらいは想像ができます。お疲れなのですね」

労ってくれるジョゼフが本当に愛しくて、レオナルドは抱きしめたい衝動を堪えるのに苦労した。

「今夜の話はこのくらいにして、もう休みましょう」

初夜で失敗して以来、二人は別々の寝室で眠っている。いつまでこの生活が続くのか。ジョゼフに問いたいが、レオナルドにそんなことを言う資格はなかった。

ただ、もう少しだけ、ジョゼフに触れたい。いつ戦場へ向かうかわからない身としては。

「ジョゼフ」

立ち上がり、扉へ向かうジョゼフを呼び止めた。振り返ったジョゼフに、レオナルドは決死の覚悟で頼み事をした。

「ゆっくり眠れるように、その、くちづけを許してくれないか」

ジョゼフが驚きに目を見開く。これは無理だと断られるかな、と残念に思ったときだった。駆け寄るように距離を詰めたジョゼフが、ぐっと背伸びをして唇に唇を重ねてきた。触れたのは一瞬。パッと顔を離したジョゼフの頬が、赤くなっていた。

「おやすみなさい」

それだけ言って、逃げるように談話室を去っていく。レオナルドはしばし呆然と立ち尽くしたあと、指で唇に触れてみた。くちづけてくれた。ジョゼフから。

「……夢じゃないよな……」

じわじわと喜びが膨れあがってくる。

「やった！」

拳を天に突きあげて、レオナルドは一人で小躍りした。

その夜、興奮しすぎて眠れなかったのはいうまでもない。

◇

白い紙にはバウスフィールド家の紋章が漉かれている。ジョゼフは丁寧な筆致を心掛けながら文字を綴っていった。下部に署名するための空白を残して、ふうとひとつ息をつく。

ペンを置いて、誤字がないか念入りに確認した。正式な売買契約書だ。一文字もまちがいは許されない。インクは速乾性ではあるがしばらく乾かしてから重要書類の引き出しにしまった。

義父ドナルドに任されたこの仕事は、とても神経を使う。けれどやり甲斐があった。取引している商品の詳細がわかるし、取引先についても知ることができる。ドナルドがジョゼフの知識を増やすために担当させてくれたらしい。ここで基礎的な数値と得意先を頭に入れたあと、おそらく商談の現場に連れていってくれるのだろう。それが何カ月後になるかわからないが、ジョゼフは気長にやっていくつもりだ。

書類の清書や作成も、はじめたころはたった一枚に何十分も時間がかかっていた。緊張しすぎて文字が震えたり誤字脱字があったり、うっかりインクをぽとりと紙面に落としてしまったり。貴重な紙を何枚もダメにしてしまい、ドナルドにたびたび謝罪した。苦笑で許してもらったが、一般の事務員なら給金から引かれていただろう。ここのところやっと失敗が少なくなってきて、一枚あたりにかかる時間も短縮されてきたのだ。

先月ははじめての給金をもらった。働いたことがなかったジョゼフにとって、とても嬉しい驚きだった。給金がもらえるとは思っていなかったのでびっくりしているジョゼフに、ドナルドは当然といった顔で革袋を渡してきた。

「労働には対価が支払われる。あたりまえのことだ」

「でもまだそれほどお役に立てたとは思えません」

「それはそうだ。だから見習い並みの給金になっている。遠慮なく受け取りなさい」

ジョゼフの手に落とされた革袋には、金貨と銅貨が数枚入っていた。確かにそれほど多くない。バウスフィールド家の使用人の見習いがいくらもらっているのか知らないが、実家のアシュワース家の下働きの給金は聞いている。それと同額くらいだった。

だがはじめての給金に、ジョゼフは気持ちが高揚した。

どうやって使おうかと悩んでいたら、その日レオナルドが迎えに来た。いつも自家用の馬車で屋敷から通っていたし、レオナルドの勤務時間の方が長いので迎えに来たことなど一度もなかったのに、突然だったので驚いた。

「今日は給金が出る日だと聞いた。市場へ行かないか」

そんなふうに誘われて、断る理由もなく、ジョゼフはレオナルドに連れられてはじめて市場へ行った。早朝と夕方では市場に並ぶものがちがうらしい。朝は近隣の畑で採れた農産物や古着、石けんやカゴなどの日用品が多く、夕方は肉や魚、さらにそれを調理してその場で酒とともに出す店が増える。

王都警備を担当しているからかレオナルドはとても詳しく、ジョゼフははぐれないようにと手を引かれながら解説を聞いた。騎士服を着たままのレオナルドは人混みでもとても目立っていて、すれ違う人たちが眺めている。女性などはあからさまに見惚れたような目をするものだから、ジョゼフはできるだけレオナルドに体を寄せ、連れであることを無言で主張した。

「いい匂いがします」

食欲をそそる香ばしい匂いに引かれて、ジョゼフは視線をめぐらす。

「あそこだな。串焼きだ。食べてみるか？」

レオナルドが牛肉の串焼きの店の前まで連れていってくれた。ジョゼフはもらったばかりの給金から串を二本買い、レオナルドと並んで立ち食いした。自分で代金を払ったのも、行儀悪く立ったまま食べるのもはじめてで、ドキドキワクワクした。

「どうだ、美味いか」

「とても美味しいです」

熱々の肉にかじりついて食べた串焼きは、とても美味しかった。隣の店では芋を揚げていて、そちらも美味しそうだったので購入した。ぶらぶら歩きながらレオナルドと揚げた芋を食べた。喉が渇いたので果実酒を買ったら、味が薄くてびっくりした。

「水で薄めてあるらしい。これが庶民の味だ」

レオナルドは笑ってそう言う。最初は驚いたジョゼフだが、もともと酒に強くないのでちょうどよかった。

日が暮れてきたので帰ろうと促すレオナルドに、ジョゼフはちょっとばかり不満だった。楽しかったのでまだ帰りたくなかったのだ。酒を出す店はこれからが盛況になる時間だ。賑やかさが増している市場に未練があった。

「また来ればいい」

「また連れてきてくれますか」

「もちろんだ」

レオナルドがそう約束してくれたから、ジョゼフはおとなしく帰った。

残った給金は大切にしまっておくことにした。まとまった金額になったら、両親になにか贈り物をしたいと思った。

（あのときは楽しかったな）

夕暮れ時の市場をレオナルドと手を繋いで歩いた日のことを思い出すと、ジョゼフの胸は温かくなる。あの日の串焼きと揚げた芋、薄い果実酒の味は一生忘れないだろう。そして、ジョゼフの手をぎゅっと握ってくれていた、レオナルドの大きな手の感触も。

また行きたいが、レオナルドの勤務の関係もある。責任のある仕事をしている夫に無理は言えない。でもきっといつか連れていってくれるだろう。

ふと、レオナルドはいまごろどうしているだろうと思った。きっと王都警備の詰め所にいるはずだ。そう考えただけなのに、じわりと頬が熱くなってくる。

二週間ほど前から、就寝前のくちづけが習慣になった。初夜以来の触れあいに、ジョゼフは勇気とときめきを持って挑んでいる。毎晩のくちづけは、もうジョゼフにとってなくてはならないものになりつつある。

いつのまにか、結婚してから二カ月がたった。

まだ就寝前のくちづけが精一杯で、閨事の進展はない。淫具によるジョゼフ自身の訓練はまったく進んでいなかった。バウスフィールド家に出向くようになってから疲れて夜の寝付きはすこぶるよくなってしまい、簡単に湯浴みをしたあとなにもせずに眠ってしまう。屋敷にいる日は使用人たちと交流を図ったり、義父に薦められた商業関連の本を読んだり、腕が鈍らないようにたまにバイオリンの稽古をしたりしていると過ぎていく。

このままではいけないと思いつつも、後回しになっていた。

ユリシーズが指摘した「レオナルドは我慢している」ということを忘れたわけではないのだが――。健康な二十八歳の男性が、結婚後二カ月も禁欲生活を強いられているわけだ。娼館で発散するわけにもいかないから、レオナルドにはかわいそうなことをしているとジョゼフは自覚していた。

最近のレオナルドは優しい。あいかわらず言葉の選択が微妙なことはあるが、ジョゼフを怖がらせないように視線ひとつ、手の動きひとつにも気を配っているのが伝わってくる。

触れてくる唇はいつも柔らかくて、昨夜は軽く吸われて危うく声が出てしまいそうになった。認めるのは恥ずかしいけれど、気持ちよかった。

嫌ではないのだ。彼のことを、嫌いだと思ったことはない。あれほどの暴言を吐かれても、顔も見たくないとは思えなかった。あの逞しい腕に、一度だけ——初夜に抱きしめられた。舌を絡めるくちづけもされて、はじめての経験にジョゼフは陶然となった。

あのくちづけを、またしてみたいと思いはじめている。痛いほど抱きしめられたいとも。

「こんな昼間から、私はなにを考えているんだ……」

顔が火照ってきてしまった。少し休憩しようと、ジョゼフは席を立った。

ジョゼフ専用の部屋としてあてがわれたのはバウスフィールド家の別棟の二階だ。一人で使うには広い部屋だが、人目を気にしなくていい。

最初のころは新人扱いで下働きの者たちといっしょに力仕事に従事したり、従業員に食事を配膳したりしていた。義父にいきなり無理なお願いをしたとわかっていたので、どんな仕事を割り振られても文句を言うつもりはなかった。けれどやはり慣れない力仕事はキツくて、うまくできなかった。

弱音は吐かなかったけれど、きっと足手まといになっていたのだろう、しばらくして事務仕事に回された。読み書きや計算は得意だったので、こちらは少し教えてもらっただけであれこれとできるようになった。そして先週のはじめからは重要書類の清書という大役を任されている。

窓から下を見下ろすと、荷馬車から荷を下ろしている男衆の姿があった。窓を開ければ、彼らの威勢のいい声が聞こえてくる。季節は夏。王都の夏はそれほど暑くないといっても、力仕事の男衆たちは汗をかきながら働いている。

バウスフィールド家の敷地は広大だ。男爵家の家族が住む本棟とその庭だけがもともとの敷地だったそうだが、商売に成功して手狭になり、隣家が売りに出されたので買い取ったという。そこに事務室として使う別棟を建て、倉庫も造った。本棟とはきっちり塀で区切られていて、ドナルドは私生活とは区別している。こちら側にドナルドの妻や父が関わることはないらしい。もちろんレオナルドも。

その後、今日のぶんとして渡されたものを完成させ、ジョゼフはドナルドの部屋へ書類を運ぶために自分の部屋を出た。義父はいつでも外に出ていけるように、一階に仕事用の部屋を構えている。

階段を下りていくと、顔見知りになった従業員たちが何人か固まって立ち話をしていた。休憩中の雑談という感じではなく、なにやら深刻な表情だ。どこかで問題でも起きたのだろうか。声をかけようと歩み寄ったら、彼らはジョゼフに気づいて一斉に口を閉じた。サッと目を逸らした者と、ぎこちない笑顔でジョゼフに向き直った者とに分かれた。

「なにかあったのですか?」

「いいえ、なんでもありません。ジョゼフ様はどうされました?」

「任されていた書類ができたので、義父上に見ていただこうかと」

「旦那様なら部屋にいらっしゃいますよ」

「そう。ありがとう」

彼らの態度が気になったが、重要な書類を持っているので、とりあえずドナルドの部屋へと向かった。扉をノックして入室する。

「失礼します」

「ああ、ジョゼフ」

ドナルドは窓を背にした大きな執務机で書類の仕事をしていた。大切な商談をすることもあるドナルドの部屋は広く、執務用の机だけでなく会議用のテーブルと、寛ぐためのソファも置かれている。

「義父上、今日のぶんの書類ができました。確認してください」

「どれどれ、見せてくれ」

ジョゼフが渡した書類を、ドナルドは一枚一枚、隅々まで確認していく。わずかでも不備があれば書き直さなければならない。ジョゼフは毎日、この時間をドキドキしながら待つのだ。

「うん、きれいにできている。ご苦労だったね」

やり直しはないようで、ジョゼフは胸を撫で下ろした。これで今日の仕事は終わりだ。次にここへ来るのは来週になる予定だった。

「ジョゼフ、少し話がある。時間はあるか？」

「あ、はい、構いませんけど」

ソファへと促され、ジョゼフはドナルドと向かいあって座った。

「君は隣国のノヴェロ王国を知っているか？」

「もちろん知っています。我が国とおなじ王制で北側の国境を接していて、人口はやや少なく、主に木材や石材の輸出で成り立っている国です」

周辺国の大雑把な国情は、王立学院の授業で学んだ。ノヴェロ王国は国土の七割が山のため農耕には適しておらず、豊富な木材と石材を輸出して外貨を稼いでいる。その外貨で周辺国から食糧を輸入していた。このバウスフィールド家もノヴェロ王国産の石材を扱っている。

「そのノヴェロ王国との国境が、最近きな臭いらしくてね」

えっ、とジョゼフは息を呑んだ。

「近いうちに石材の仕入れは止まるだろう」

「きな臭いというのは、どういう……」

「我が国の王国軍と諍いが起こるということだ」

「諍い……」

「つまり小規模な戦争だ」

ジョゼフには具体的に想像できない状況だった。貴族の嗜みていどにしか剣を習ったことがなく、生まれてから十八年間、平和な王都で暮らしてきた。レオナルドが国境で武勲を立てて騎士になったことは知っていても、なんとなく「こうだったのではないか」としか考えられない。

「王都にまではあまり伝わってきていないが、国境ではたびたび小規模な衝突があったことは知っているだろう?」

はい、と頷く。

「ノヴェロ王国は我が国の農耕に適した豊かな土地が羨ましいのだ。つまり隙あらば侵略したいと思っている。それを国境に駐屯している王国軍が防いでいるというわけだ」

侵略——。恐ろしい響きの言葉に、ジョゼフはゾッとした。

ノヴェロ王国軍を撃退した兵士に武勲が与えられるのは当然なのだ。いまさらながら、レオナルドの働きを称賛したくなる。

「今回、どれほどの規模の戦争になるかはわからない。いままでは諍いていどで済んでいたが、いつもそうとは限らないからな。レオナルドからなにか聞いているか?」

「いえ、なにも」

聞いていない。レオナルドは仕事に関してなにも話さない。考えこんで心ここにあらずといった様子を見せても、軍の重要機密もあるだろうからと、ジョゼフはあえて聞き出そうとしたことはなかった。

　先月あたりから、ときどき考え事をするレオナルドを見たけれど、てっきり王都の警備に関するものだと思っていた。もしかしたら、そのころから国境の心配をしていたのだろうか。

「もし両軍の衝突が激しくなれば、レオナルドの部隊が国境へ招聘される可能性があるんだが」

　ドナルドの言葉に、ジョゼフは衝撃を受けた。

「なぜですか、レオナルドはいま王都警備を任されています」

「それは結婚したばかりだから王国軍が気を遣って配置転換をしてくれただけだ。おそらく暫定的な人事で、ハーラディーン将軍の温情にすぎない」

「そんな……」

　ジョゼフは頭から血の気が引いていく思いがした。レオナルドがふたたび国境へ――しかも戦場へ行く可能性があるなんて、思ってもいなかった。

「王国軍の中で、レオナルドの部隊は精鋭揃いだと評判だ。国境警備に従事して長いから、周辺の地形や気候も熟知している。有事の際、王都の警備などに精鋭を置いておくわけにはいかないだろう」

　理屈はわかる。けれど感情では理解できなかった。

「そんな話、知りません。聞いていません」

ただの憶測なのではないか、とジョゼフはドナルドに食い下がったが、ノヴェロ王国とも商取引があるから剣呑な雰囲気がわかるのだ。根拠のない憶測ではないとドナルドは首を左右に振った。

「……では、なぜレオナルドは私になにも話してくれないのですか」

「それは――おそらく、いつどんなふうに切り出したらいいか迷っているのだと思う。君に心配をかけたくないのではないかな」

悪意があってレオナルドが隠していたわけではないと、ドナルドは息子を庇った。

ジョゼフはドナルドの部屋を辞したあと、青い顔で屋敷に帰った。出迎えてくれたスタンリーはジョゼフのいつもとちがう様子にすぐ気づき、「バウスフィールド家でなにかありましたか」と尋ねてきた。

ジョゼフは少しためらったあと、黙っていられずにスタンリーだけにこっそり国境のことを話した。

「レオナルド様がまた国境警備に配置されるかもしれないというのですか」

スタンリーが表情を曇らせる。彼もそんなことは予想していなかったようだ。

「義父上のように他国と取引をしている人のあいだでは、近いうちにノヴェロ王国と本格的な衝突があるのではないかという話が広まっているらしい。私はレオナルドからなにも聞いていない。どうして話してくれないのだと思う？」

「それは、きっとジョゼフ様に余計な心配をかけまいという気遣いなのでは……」

「でもいきなり、命令が下ったからすぐにでも国境へ向かうと言われた方が驚くよ」

ジョゼフはじっとしていられなくなってきて、自分の部屋の中をうろうろと歩き回った。それを困惑した目でスタンリーが見ている。

「私のことを、レオナルドはまだ本当の妻だとは思えていないということだろうか。だからこんなに大切なことを黙っているのだろうか」

「それはちがうと思います」

「だって閨事がない。レオナルドは私に優しくして笑顔を向けてくれるようになったけれど、まるで友人のように接している。どこか遠慮がある。就寝前のくちづけだけは、なんとか習慣になった。でもそれだけだ。私がぐずぐずしているから、レオナルドはもう諦めたのかもしれない。本当の夫婦になることを」

帰りの馬車の中でずっと考えていた。

戦いの場へ行くかもしれないと、なぜ話してくれなかったのか。レオナルドが強い騎士だとは聞いているが、なにがあるかわからない。帰ってこられなくなる可能性はゼロではないのだ。

そうでなくとも、何日も、何十日も、何カ月も、会えなくなる。

結婚してから二カ月がたった。最初の二週間はジョゼフがレオナルドを拒んでいたが、その後は毎朝、毎晩、顔を合わせて食事をしておしゃべりをしてきた。二人には時間がたっぷりあるのだから、ゆっくり距離を縮めていけばいいと思っていた。

まさか、離ればなれになるかもしれないなんて。

そしてそれをレオナルドは隠していたなんて。

「私は信用されていなかったのか？」

「ジョゼフ様、それはちがいます。考えすぎです」

「でも――」

「レオナルド様がお帰りになったら、ジョゼフ様がご自分でお尋ねになったらどうでしょう。勝手にレオナルド様のお心を決めつけて結論を出してはいけません」

思考が暴走している自覚があったジョゼフは、スタンリーに諫められて我に返った。

「私が、レオナルドに直接……」

「そうです」

「聞いてもいいのだろうか。答えてくれるだろうか」

「きっと答えてくださいます」

力づけるようにスタンリーにそう言われ、ジョゼフは頷いた。

「そう、そうだな。きっと答えてくれる。きっと」

自分に言い聞かせるように何度もくりかえし、気持ちを落ち着かせた。

しかしその日に限って、詰め所から「先に夕食を済ませるように」という伝言が届いた。ジョゼフは食が進まず、いつもの半分ほどしか食べられない。事情を知らない給仕が心配し、家令に報告されてしまった。夕食後、医師を呼ぼうとした家令になんと説明しようと困っているところに、レオナルドが帰宅した。

「どうした、なにかあったのか？」

談話室で家令と「医師に診ていただきましょう」「その必要はない」と押し問答をしていたジョゼフに、レオナルドが怪訝（けげん）そうな顔をする。

「これは旦那様、お出迎えもせずに申し訳ありません」

家令が慌てて頭を下げたが、レオナルドはそれについては気にしていないのかいっさい言及せず、ジョゼフの顔を覗きこんでくる。

「いま医師がどうとか聞こえた。ジョゼフ、具合が悪いのか？」

「どこも悪くありません」

「旦那様、ジョゼフ様は食欲があまりないようです」

横から家令が告げてしまい、ジョゼフは行儀悪く舌打ちしそうになった。

「ジョゼフ様は思い煩（わずら）うことがおありなのです」

仕方がなさそうにスタンリーが口を挟んできた。基本的にスタンリーは家令のすることに口出ししないようにしているようだが、レオナルドが本当に医師を呼んでは面倒だと判断したらしい。

「思い煩うこと？　なんだそれは」

眉間に皺を寄せたレオナルドに、ジョゼフは「お話があります。いまからレオナルドの部屋へ行ってもいいですか」と頼んだ。このまま談話室で話すのではなく、夫の部屋へ行きたいとジョゼフが言ったのは、はじめてのことだった。

レオナルドは驚いた表情になったが、ジョゼフの様子からなにやら深刻な事態だと察したらしく、わかったと頷いた。

「ジョゼフと二人きりにしてくれ」

レオナルドは着替えを手伝おうとした家令を廊下に残し、ジョゼフと二人で部屋に入ってくれた。

レオナルドの部屋はジョゼフの部屋とおなじ造りだった。私的な居間と護衛の控え室、一人用の寝室と衣装部屋。夫婦の寝室はジョゼフの部屋とのあいだにあり、扉一枚で行き来できるようになっている。二人とも初夜以来、そこには足を踏み入れていなかった。

レオナルドは騎士服のままソファに座り、ジョゼフを向かい側に促した。

「話とはなんだ？　思い煩うことに繋がっているのか？」

はい、とジョゼフは目を伏せ、「じつは今日——」とバウスフィールド家でドナルドから聞いた国境の件を話した。

「近いうちにレオナルドが国境へ行くかもしれないと義父上は仰っていました。そうなのですか。王都警備は暫定的な仕事なのですか」

もう何時間も胸の内でもやもやしていたのだ。早くはっきりさせたくて、ジョゼフは単刀直入に聞いた。レオナルドは困ったような顔になり、肘掛けに頬杖をつき「うーむ」と唸った。

「……まあ、そうだ」

ひゅっと喉が鳴った。本当だった。ドナルドの予想は当たっていた。

「どうして、わかっていたなら、どうして私に話してくれなかったのですか……」

「えーと、どれのことについてだ？」

「王都警備が期間限定だったことと国境へ行くかもしれないということです！」

つい声が大きくなってしまう。レオナルドがさらに困った表情になった。大きな体を丸めている。

「言ったらジョゼフが気にすると思ったからだ」

「気にするに決まっています。自分の夫のことですよ！」

カッとなって立ち上がって、ジョゼフはレオナルドを睨みつける。

「怒るなよ。悪かった」

「本当に悪いと思っているのですか！」

「いつ言おうか悩んでいるうちに日がたってしまったんだ」

嘘を言っているようには見えない。ドナルドが言っていた理由が当たっていたということだろうか。さすが父親だ。

ジョゼフは目眩を覚えながらソファに座った。

「ノヴェロ王国との国境はいつから危うくなっていたのですか」

「えー……かれこれ、半月くらい前からかな」

「そんなにも前？　半月もいつ言おうか悩んでいたのですか！」

またカッとなってジョゼフは立ち上がる。レオナルドは口元を引き攣らせながら「ごめん」とまた謝った。

半月も前から国境に異変があったのなら、もういつレオナルドに命令が下るかわからない。

別離の予感に、ジョゼフは全身が冷えていくようだった。

怖い。レオナルドがいなくなることが怖い。

「私はあなたがずっと王都にいて、二人の生活がこのまま続いていくものだと疑っていませんでした。まさか、戦場に行くなんて、思ってもいなくて――いなくて……」

語尾が震えた。

「ジョゼフ？」

寒気を感じて、ジョゼフは思わず両手を擦りあわせる。指先が冷たくなっていた。その手で自分の顔を覆い、目を閉じる。絶望の底に沈んでいきそうな感覚に襲われた。

「ジョゼフ、大丈夫だから」

不意に温かな手で肩を掴まれ、揺さぶられた。いつのまにかレオナルドが目の前に膝をつき、ジョゼフを見つめている。いつ席を立って移動してきたのかわからなかった。

「どこへ行っても、俺はかならずジョゼフのもとに戻ってくる」

「そんなの、気安く約束しないでください」

「気安く言っているつもりはない。俺にはそう断言できるくらい自信があるからだ。俺は強いからな」

にやりと笑うレオナルドはたしかに自信たっぷりだ。

「また国境に行くかもしれないことを黙っていて悪かった。悪気はなかったんだ。確定していなかったし、ノヴェロ王国がどう動くかも、あくまでも予想の範囲内のことだったから、どこまで話せばいいのかわからなかった。父に聞いて驚いただろう。すまなかった」

レオナルドはジョゼフの前に膝をついたまま、冷えきった手を大きな手で包みこむように握ってくれた。熱を移そうとしているのか、撫でたり揉んだりしてくれる。剣ダコができた固い手が、ジョゼフを癒やすように動いた。

しだいに気持ちが凪いでくる。ジョゼフを支配していた恐れは、諦めに変化していった。

「私にはじめて給金が出た日、あなたは市場へ連れていってくれました。あのとき、すでに国境へ戻るかもしれないとわかっていましたね？　あれは、最後の思い出作りだったのですか」

「まさか、そんなことはない。父に給金が出ると聞いたから、君を楽しませたくて考えただけだ。そんな、あれが最後の思い出だなんてまったく――」

困惑している様子のレオナルドは、本当にそこまで考えての行動ではなかったようだ。ジョゼフの考えすぎだった。けれど、レオナルドが国境から無事に帰ってこられなかったら、あれは二人で出かけた最初で最後の思い出になってしまう。

「ジョゼフ、俺は王国軍の騎士だ。軍に在籍しているかぎり、戦場へ配置される可能性はなくならない。申し訳ないが、軍を辞めることは考えていない」

ジョゼフはため息を呑みこんだ。それはそうだ。仕方がない。まだ二十代。これからも国のために民のために、戦っていくつもりなのだろう。それがレオナルドの生き方ならば、妻とはいえジョゼフが口を出すことではない。

「私は、ここで待っているしかないのですね……」

「連れていくわけにはいかないな」

レオナルドが眉尻を下げて情けない表情をする。

「なに、国境へ行ったとしても、たいした衝突ではなくすぐ戻ってくるかもしれないから」

「長引く可能性もありますよね？」

「それは、まあ……」

「楽観的な見方はよくないです」

歯切れが悪いレオナルドを責めてしまいそうになり、ジョゼフは触れたままの大きな手を自分から握りしめた。

「私は無力です。毎日毎日、あなたの無事を祈ることしかできない」

「できるだけ手紙を書こう」

「私も書きたいです。こちらから手紙は届きますか？」

「届く。俺はいままでだれとも手紙のやり取りはしてこなかったが、妻や子がいる兵士はよく手紙が届いていた。家族の励ましは、士気を上げる効果があるからな」

「レオナルドも私の手紙で士気が上がりますか？」

「それはもちろん上がるさ」

「絶対に書きます」

「楽しみにしている」

レオナルドがとても嬉しそうに笑うから、ジョゼフは涙ぐみそうになってしまった。

「なにか、もっと私にできることはありますか？」

この男のためになにかしたい。国のために戦ってくれるこの人を喜ばせたい。自分にもなにかもっとできることがあるのではないか。

「毎日祈ります。手紙をたくさん書きます。あとはなにをすればいいですか。私になにをしてほしいですか。あなたのためになにかしたい。なんでも言ってください」

レオナルドの手を胸に引き寄せて、ジョゼフは訴えた。

「なんでも、って……」

「なんでも言ってください。私ができることなら全力で叶えてみせます」

「なんでもいいのか？」

濃い茶色の瞳が怖いほど真剣にジョゼフを見つめてくる。そのまっすぐな視線に、ジョゼフは一瞬だけ戸惑いを覚えた。けれどすぐに思い直して視線を合わせる。

「はい、なんでも」

言いきった。どんな難題にでも立ち向かう覚悟だった。

レオナルドに命令が下るまで、あと何日の猶予があるかわからない。もう時間がない。国境へ旅立ったあと、いつ戻ってこられるかわからないのだ。もしかしたら——もしかしたら二度と戻ってこないかもしれない。

夫が強いことは知っている。みんながそう讃（たた）えるし、レオナルドの部隊が頼りになるからこそ国境へ行くのだと、もう理解した。けれど、戦場ではなにが起こるかわからない。どれほど強いレオナルドでも、敵の兵士数十人に囲まれたら倒されるかもしれない。

いま、ここで生きて動いて話しているレオナルドがなにかを望むなら、ジョゼフはなんでもしてあげたかった。

「いや、でも」

望むものを思いついているのに、レオナルドは言葉にするのをためらっているようだ。

「言ってください。なんですか？」

「あの……」

「はい」

ぎゅうぎゅうとレオナルドの手を握って、ちゃんと言うまで離さないぞと示した。

「その……」

「はい」

「いやでも、こんなこと」

「君に嫌われたくない」

「レオナルド？」

「とにかく望みを言ってくれないとわかりません」

「言ったらおしまいだ」

「さっさと言いなさい！」

イラッとして叱り口調になってしまった。びくっとレオナルドは全身を震わせ、自棄クソ気味に口を割った。

「ジョゼフがほしい！」

一声叫んだあと、レオナルドは顔を隠すように俯いた。黒褐色の髪しかジョゼフからは見えない。ジョゼフは握っていた手を離した。離されたことに愕然としたようにレオナルドが顔を上げる。その顔を、ジョゼフは微笑みながら両手ですくうように持ちあげ、くちづけた。

「わかりました」

なんだ、そんなことか。

ジョゼフは心の底から安堵していた。レオナルドの望みは、ジョゼフが少し頑張れば叶えられることだった。あれほど怖れていた性交なのに、なぜかいまは恐怖をかき立てられない。むしろ、俄然ヤル気になっていた。

「行きましょう」

ジョゼフはソファからすっくと立ちあがった。床に座りこみ、呆然としているレオナルドに首を傾げる。

「ほら、立ってください」

「どこへ行くんだ？」

「夫婦の寝室に決まっています」

「え……」

「ああでも、湯浴みをした方がいいですね」

「本気か？」

「本気ですよ。いやなんですか？　さっきの望みは冗談でしたか？」

「まさか」

　レオナルドは慌てたように立ちあがり、小走りになって一人用の寝室への扉を開けた。奥へと進み、夫婦の寝室へ繋がる扉も開ける。そこは真っ暗だった。ランプも蝋燭（ろうそく）もまったくついていない。使用人たちに、使われるとは思われていないせいだ。

「ここの準備をしておいてください。私は自分の部屋で湯浴みをしてきます」

「わ、わかった」

　声を上擦（うわず）らせて返事をしたレオナルドを置いて、ジョゼフは自室に行った。スタンリーが湯浴みの用意をしていた。もちろん初夜のやり直しをすることになった経緯は知らない。就寝前の湯浴みが習慣になっているからだ。

「ジョゼフ様、レオナルド様とのお話は終わりましたか」

「終わった」

「ご納得できる話し合いができたようですね」

　すっきりした気分が顔に出ていたようで、スタンリーはホッとしたようにそう言った。

「いますぐ湯浴みをしたい」

「ご用意できております」

「今夜はレオナルドと夫婦の寝室で休むことになった」

「は？」

　スタンリーが硬直して、まじまじとジョゼフを凝視してくる。

「いったいなにがどうなって、そういうことに？」

「……レオナルドはいつ国境へ行くかわからない。もしかしたらもう帰ってこられないかもしれない。だから、私はレオナルドの望みをなんでも叶えたいと思った。それだけだ」

　きっぱりと言いきると、スタンリーはひとつ頷いた。

「わかりました。ジョゼフ様がそうお決めになったのなら、そのための準備をいたしましょう」

「頼む」

　ジョゼフは浴室へ入ると、潔く服を脱いだ。

　スタンリーに手伝ってもらい、全身を隅から隅まで洗った。そして肝心の場所も清めた。性具での訓練は中途半端ではあったが、なにも知らなかったころよりはマシになっているはず。

　性具は細いものから太いものまで五種類あり、ジョゼフはちょうど中間のものまでは制覇していた。だが初夜に目撃したレオナルドの一物は、一番太いものよりも大きかった。

「ジョゼフ様、これを」

　全裸にガウンだけを羽織ったジョゼフに、スタンリーが見覚えのある白い石の容器を手渡してきた。

「これは、私が窓から投げ捨てて星になったはずの――」

「庭師が拾い、私に届けてくれました。調べてみたところ、違法なものは入っておりません。鎮痛作用がある薬草の粉末が混ぜこまれていて、たしかに挿入行為が容易になる効果があるそうです。お使いになるかどうかはジョゼフ様のご自由ですが」

一応受け取っておき、ジョゼフは「よし」とまるで決戦の場へ向かうような決意でもって夫婦の寝室へ向かった。

真っ暗だった部屋にはランプが灯っていた。天蓋つきの大きな寝台の横に、ガウン姿のレオナルドが立っている。緊張しているのか顔が強張っていた。

「お待たせしました」

歩み寄っていくと、レオナルドが「本当にいいのか」と念を押してきた。

「いいです。というか、私の方からお願いしたいくらいです」

「ジョゼフの方から？」

「あなたともっと親密になりたいからです。でもうまくできる自信はありません」

これを、と軟膏の容器を差し出す。レオナルドが驚きの表情で受け取った。

「庭師が拾って届けてくれたそうです。あのときはあなたの気遣いを台なしにしてしまって、すみませんでした」

「俺の方こそ、考えなしですまなかった。ジョゼフがいやなら、これは使わなくていいから」

「いいえ、鎮痛作用があるものだそうです。最初はこういうものの力を借りた方がいいかもしれません。スタンリーが調べてくれました」

「あの従僕か……。わかった」

ひとつ頷き、レオナルドは枕の横に容器を置いた。

「ジョゼフ」

「レオナルド」

向かいあい、そっと抱きしめられる。軽く触れてきた唇はやはり柔らかくて、温かく包みこむような情を感じた。ジョゼフはすべてレオナルドに任せようと思った。初夜のときのレオナルドとはちがう。いまのレオナルドは、ジョゼフに優しくしようとしてくれている。それが嬉しい。素直な気持ちで、ジョゼフはそれを受け止めたかった。

寝台に横たわったジョゼフに、レオナルドが覆い被さってくる。大きな体にのし掛かられて身動きできなくなったが、怖くはなかった。ガウンの前を広げられて胸を撫でられた。無骨な手が精一杯の力加減をしてくれているのがわかる。

「きれいだ、ジョゼフ」

感嘆したような声で呟き、レオナルドはくちづけてきた。何度も重ねられた唇の隙間から舌が入りこんできて、ゆったりと口腔をまさぐられる。ジョゼフは嬉々としてそれを受け入れ、自分の舌を差し出した。舌を絡めると背筋が痺れるような快感が走る。もっと、とジョゼフはレオナルドの太い首に腕を回し、しがみついた。夢中になってくちづけていると、レオナルドの手が胸から腹へと滑り降りていく。

「あ、んっ」

性器に触れられた。くちづけで心地よくなり緩く勃ちあがっていたものをやんわりと握られ、きゅきゅと刺激される。気持ちよくて自然と腰が揺れた。そうされながら両脚を広げるように促される。羞恥があったが、ジョゼフはその通りにした。

カチャ、とかすかに硬質な音が聞こえた。くちづけを解いたレオナルドが石の容器を開けている。その中身がレオナルドの指にすくい取られ、ジョゼフの尻の谷間に塗りこまれた。指は容器と尻を何度か往復し、やがてぬるりと窄まりが広げられる。一瞬だけ体を固くしてしまったが、ジョゼフは慌てて力みを抜いた。指くらいなら大丈夫。三番目の性具の太さまでなら平気であることは経験済みだ。

「痛くないか？」

「大丈夫です。たぶんレオナルドの指二本分くらいなら入ります」

「……ずいぶん具体的だな」

「少し、自分で訓練したので」

「訓練？　自分で？」

ぎょっとしたようにレオナルドが手を止める。慌てて動きを再開した彼は、うろたえつつ「ちょっと詳しく聞かせてくれないか」と言った。ジョゼフは後ろを指で慣らされながら会話することに抵抗があったが、レオナルドが訓練内容を知りたいのなら報告しなければならないと思った。

レオナルドと結婚が決まったあとにスタンリーが後ろを慣らすための性具を購入してきたこと、それを何度か使用してみたこと、三段階目までは挿入できたことなどを話した。なぜかレオナルドがごくりと喉を鳴らす。

「君が自分で、ここに、それを入れたのか。出し入れ、したり？」

「必要なことだと思ったので」

こくん、と頷いたジョゼフに、レオナルドが苦しそうに顔を歪めた。

「まずい、我慢が利かなくなってきた」

「え？」

「君のそんな姿を想像したら、もうたまらない」

レオナルドはガバッと体を起こすとまだ着たままだったガウンを脱ぎ捨て、腰の部分を重ねてきた。筋肉が盛りあがった肩と胸に圧倒され目を奪われていると、レオナルドは自分の一物とジョゼフのそれをまとめて大きな手で握りこむ。

「あっ」

二本の性器がいっしょに擦られた。形も大きさもまるで異なる性器だ。ジョゼフはこんなやり方があるのかと驚きながら、直接的な快感にすぐ蕩(とろ)けてしまう。レオナルドの性器から大量

にこぼれる先走りで、股間はぬるぬるだ。ぐちゅぐちゅと淫靡な水音がたち、ジョゼフは耳を塞ぎたくなった。けれど両手はレオナルドの肩に縋りつくように伸びてしまう。

「ああ、ジョゼフ、感じてくれるのか、こんなに勃っている。嬉しい」

レオナルドが言葉の通りに笑顔でくちづけてきた。激しく舌を絡められ、口腔でも感じてジョゼフはあっという間に上りつめてしまった。遅れてレオナルドも低く呻きながら射精する。

ジョゼフの腹の上で二人ぶんの体液が混ざりあった。

少し息を乱しながら、レオナルドが「ジョゼフ、ジョゼフ」と何度も名前を呼び、顔中にくちづけの雨を降らしてくる。精液で濡れた手を、レオナルドはあらためてジョゼフの後ろに伸ばしてきた。

指が二本、入りこんでくる。くったりと脱力していたジョゼフの体は、難なくそれを呑みこんだ。ゆるゆると出し入れされているあいだに、軟膏の成分が粘膜に染みこんで効果を現してきたのか、そこが緩んできたように感じた。指が増やされて三本になっても、痛みはなかった。まだそこで快感は得られないけれど。

「ジョゼフ、いいか？　できるだけゆっくりする」

とうに復活していたレオナルドのそれは、臍につくくらいに反り返っている。

レオナルドの大真面目な顔に微笑みかけて、ジョゼフは体を開いた。

とても時間をかけて、レオナルドは慎重に挿入してくれた。あらぬ場所を広げられる羞恥と大きくて固い性器を埋めこまれる恐怖よりも、レオナルドの望みを叶えてあげたいという気持ちが強かった。

やはり根元まで受け入れるのは難しく、レオナルドは半分ほど挿入したところで動きを止めた。ジョゼフはもっと入れてくれてもいいと言ったのだが、レオナルドは首を横に振った。

「無理をして君にケガをさせたくない。それに、これが最初で最後ではないだろう？」

そうであってほしいという懇願口調での問いかけに、ジョゼフは「では、今後あなたが少しずつ私の体を慣らしてください」と言った。

「ありがとう」

レオナルドが目を潤ませたのを見て、ジョゼフも胸が熱くなった。

深く突くことはなく、小刻みに腰を動かしたあと、レオナルドはジョゼフの中に射精した。注がれる熱い体液を腹で受け止め、ジョゼフは不思議な喜びに包まれた。

静かに体を離したレオナルドの一物はまだ硬度を保って物足りなそうだったが、彼はサッとガウンを羽織るとジョゼフを抱きあげた。そのまま浴室に運んでくれる。

浴室にはスタンリーが待っていた。事後の処理を手伝うつもりで待機してくれていたのだろう。けれどジョゼフはスタンリーを下がらせた。

「レオナルドがしてくれますか？」

深くは考えていなかった。ただ、なんとなく事後の体をレオナルド以外の人間に晒して触れられたくなかったのだ。レオナルドは息を呑んだあと、「わかった」と真顔で頷き、ジョゼフを浴室用の椅子に座らせる。

レオナルドは丁寧にジョゼフを洗ってくれた。後ろに指を入れ、体液をかき出すこともしてくれる。羞恥はあったが、これは必要な処置だとジョゼフもわかっていた。

「傷はついていないみたいだ。よかった」

安堵の笑顔を見て、ジョゼフも微笑んだ。軟膏のおかげと、性具による訓練は途中だったが、いくばくかの効果があったのだろう。まだ異物感が残っていて痺れたような感じがある。しかしこのあと眠れないほどではない。

レオナルドはガウンをびしょびしょにしながらジョゼフの湯浴みを終わらせた。浴室の外にスタンリーの姿はなく、替えのガウンが二着、置かれていた。それを着て、二人は夫婦の寝室に戻る。

「レオナルド、これからは毎晩ここで、二人で寝ましょう」

「いいのか」

「私たちは夫婦です」

「ありがとう」

掠れた声で礼を言うレオナルドと手を繋いで、寝台に横たわった。夫婦の寝台はとても大きい。大柄のレオナルドと平均よりやや華奢なジョゼフが並んで寝ても、まだまだ余裕がある。

「夢じゃないだろうか……」

横からジョゼフをちらりと見ながら、レオナルドが呟いた。

「夢ではありません。もっと早く、こうするべきでした」

やっと本当の夫婦になれた――。ジョゼフもレオナルドを見つめ、後悔を言葉にする。

「私がいつまでも意地を張っていたせいです。ごめんなさい」

「いや、俺が最初にひどいことをしたのが悪い。ジョゼフのせいじゃない」

ぎゅっと手を握られて、ジョゼフも握り返した。

「もう寝よう。疲れただろう。今日は嬉しかった。ありがとう」

今日だけでレオナルドは何度「ありがとう」と言ってくれただろうか。口先だけではないとわかるから、ジョゼフは胸がいっぱいになる。

「私こそ、お礼を言いたいです。ありがとう。おやすみなさい」

「おやすみ」

レオナルドが少し上体を起こし、ジョゼフの頬に軽くくちづけた。しばらく見つめあい、二人は柔らかな寝具に包まれて目を閉じる。繋いだままの手からしだいに力が抜けていき、レオナルドが眠りに落ちたのがわかった。触れているだけの手のひらから、健康的なぬくもりが感じられる。レオナルドの体温。ジョゼフのたった一人の夫。生涯をともにすると誓った伴侶。

(ああ……!)

閉じたまぶたの裏が涙で湿ってきた。

(そうだ、私は……)

どうして気づかなかったのだろう。おのれの鈍さが恨めしい。

はじめて会った三年前から、ジョゼフはずっとレオナルドを意識していた。結婚相手がレオナルドだと聞いて、いやではなかった。ユリシーズにも言われたではないか、結婚して幸せそうだと。あのときは初夜の失敗を引きずっていて、ジョゼフは同意できなかった。不幸ではないと思っただけだ。

けれど、最初からレオナルドとのくちづけは気持ちいいと感じられたし、体に触れられても嫌悪感などまったくなかった。

答えは簡単だった。ただ気づかなかっただけ。

(私は、レオナルドを好きだったのだ。ずっと……)

だからこそ、初夜の暴言に衝撃を受けたし、なかなか許せなかった。今後も閨事がないのなら娼館通いや愛人を持つことをレオナルドに許さなければとスタンリーに言われたとき、即座に却下したのも、すでに好きになっていたからだ。

(どうしてもっと早く自覚できなかったのか)

結婚してからもう二カ月がたった。無駄な時間を過ごしてしまった。明日にでもレオナルドに命令が下るかもしれないのに。

ジョゼフは横向きになり、レオナルドの寝顔をじっと見つめた。いくら見ても、見飽きることはない。目尻から涙がこぼれて、枕に流れていく。

明け方まで、なかなか眠りは訪れなかった。


それからは毎晩、ジョゼフとレオナルドは夜を夫婦の寝室で過ごした。

そうした夫婦の関係性の変化は、屋敷全体に影響を及ぼした。

いままで屋敷の雰囲気が悪いと感じたことはなかったが、こうなってみれば違いが明確にわかる。使用人たちの表情が明るくなり、ジョゼフへの態度が変わったのだ。正式に屋敷の奥様として相対するようになったように思う。これまではどこか遠慮がちで、ジョゼフをどう扱っていいか迷っていたのだと気づいた。

二人が本当の意味で夫婦になった夜から半月ほどがたち、このまま平和な日々が続けばいいとジョゼフは心から願っていた。

ノヴェロ王国に関して、レオナルドはいっさいジョゼフに語らない。王国軍の機密に抵触するのかもしれない。ジョゼフもあえて聞き出そうとはしていなかった。しかし、ドナルドを通じてノヴェロ王国の様子を聞くかぎり、国境での諍いはもはや避けられない状況になりつつあるようだった。ノヴェロ王国の出入国は厳しくなっており、物流は滞りがちだという。過去にもこうした状況になったあと、国境で衝突が起こっているらしい。

部屋の扉がノックされ、レオナルドがもうすぐ帰宅することをメイドが告げてきた。

控えめながらも笑顔のメイドは、ジョゼフとレオナルドが仲違いをしていたころ、いつもこちらの顔色を窺う(うかが)ような目をしていた。いまは明るいキラキラとした目でジョゼフに接してくれる。

スタンリーに促されてジョゼフは屋敷の玄関に向かいながら反省した。

「スタンリー、私はダメな奥様だったのだな」

廊下を歩きながらぽつりとこぼしたジョゼフに、「そんなことはありません」とスタンリーが背後からきっぱりと否定してくれる。

「ジョゼフ様がよくない奥様だとしたら、世の中の奥様は全員が不合格です」

それは言いすぎだ。

「使用人たちにいらぬ気遣いをさせていた。それだけでなく、私はまだレオナルドに本心を告げることができていない」

ずっと好きだったと、愛しているとなかなか言えないものだ。毎晩いっしょに寝ているというのに。

閨事の最中に言うのは睦言(むつごと)のひとつと受け止められそうだし、素のときは恥ずかしくて言葉にできない。レオナルドから愛の言葉はもらっていないが、それはジョゼフにとってたいした問題ではなかった。彼は想いを口にせずとも好意を隠さないし、長い禁欲生活に耐えてくれた。

ジョゼフはレオナルドを愛している。大切なのはそれだけだ。

「サラッと告白してしまえばいいと思いますが」

「おまえは他人事だと思って簡単に言うな」

スタンリーにはもう打ち明けている。

あの夜の翌朝、仕事に行くレオナルドを見送ったあと、しばしぼうっとしていたら体調を心配されて、そういうわけではないと説明しつつ話をした。スタンリーは「やっと気づかれたのですか」と呆れた顔をしたので驚いた。どうやら以前からわかっていたらしい。

「貴族の当然の嗜みとして、ジョゼフ様は好き嫌いをはっきり態度にはお出しにならない方です。それがレオナルド様に対してだけあからさまでした。無意識のうちに甘えがあるようだと、私は思いました。ジョゼフ様の怒りの中には、好きな人への拗ねた空気も感じられましたし」

そんなふうに分析されて羞恥に悶えそうになった。

「気づいていたならどうして教えてくれなかったのだ」

「こうしたことはご自分で気づかなければ意味がないでしょう？」

それはそうだろうが――とジョゼフはムッとしたものだ。

「身構えるから言えないのではないですか？　何気なく、当然のことのように声に出してしまえばいいのです」

「独り身のくせに偉そうだな、スタンリー」

「たしかに私は独り身ですが、これでもいろいろと経験はあります」

しれっとそんなことを言う従僕に、ジョゼフは疑わしい目を向ける。スタンリーはジョゼフが生まれた直後からずっとそばに居続けてきた。定期的に休暇を取らせても、なんだかんだと理由をつけてはジョゼフの様子を覗きに来ていたスタンリーが、いろいろと経験を積む暇があったとは思えない。

だがそこを追及しても意味はない。ジョゼフは「そういうことにしておいてやる」と矛先を引っこめて、玄関に立った。両開きの玄関扉は開け放たれていて、ちょうどレオナルドが門から緩い曲線を描く道を曲がってきたところだった。騎乗したレオナルドはジョゼフの姿を見つけて破顔する。屈託ない笑顔に、ジョゼフも笑みで返した。

レオナルドはひらりと馬を下りると手綱を厩番に渡す。何度見ても、その運動能力には感心するし、騎士服が似合う体格のよさに見惚れそうになってしまう。

「お帰りなさい」

「ただいま」

レオナルドが少し照れながらジョゼフを抱きよせ、頬にくちづけてきた。夜をともにするようになってから、朝の出勤時と夕方の帰宅時には軽く触れあうようになっている。それをスタンリーや家令たちに温かく見守られるのはジョゼフも照れくさかった。

「今日のお仕事は滞りなく終わりましたか」

「たいしたことは起こらなかった」

「それはよかったです」

そしてこんなふうに国境行きの命令はなかったと確かめることも習慣になっていた。

それから夕食の時間までは、天気がよければ庭園を散策しながら話をしたり、テラスでお茶を飲んだり、ジョゼフがバイオリンの演奏をしたりする。できるだけいっしょにいる時間を作りたかった。

「義父上が、こんど私を取引先へ連れていってみようかと言ってくださって。得意先に私を紹介したいと」

夏の夕暮れ時、庭師が丹精した花々が花弁を閉じようとしている。ジョゼフとレオナルドは手を繋いでレンガの小道をそぞろ歩いた。

「それは楽しみだな。だが少し心配だ」

「なにがですか？　私は義父上を差し置いてでしゃばるつもりはありませんよ。挨拶などの礼儀も心得ているつもりです」

「ちがう。君の美しさにだれもかれもが惹かれるだろうから、口説かれはしないかと――」

「またそれですか。だれもかれもが惹かれるなんて、どんな妄想ですか」

「そうですか？　そもそも、たとえだれにどう口説かれても、私はあなたの妻ですから、なにも起きません」

ジョゼフが言いきっても、レオナルドは拗ねたような表情だ。この男の嫉妬はいまにはじまったことではないので、腹は立たない。ブレないなと呆れるだけだ。

「あなたが思うほど、私はモテませんよ」

「いや、そんなことはない。モテるはずだ」

「むしろあなたの方がモテるのではないですか。騎士服姿は格好いいですし、実家は裕福です。結婚相手は男なので、愛人候補の女性がたくさん寄ってきそうです」

「俺の騎士服姿を格好いいと思ってくれているのか」

「引っかかったのはそこだけですか」

「愛人は作らないぞ」

「そう願いたいものです」

甘いのか甘くないのか微妙な会話をしながら——もちろん内心ではしっかりそれを楽しんで——庭園を一周し、二人は食卓につく。

あいかわらずレオナルドは飲むように肉を食べ、パンをかじり、頑丈な歯で果実を皮ごと咀嚼した。ジョゼフは、「今日も元気だな」と夫の食事を眺めながら、標準的な一人前の量を静かに食べる。

　こんなに食べる男なのだから、体力があって精力も旺盛なのは当然だ。ジョゼフが性交に慣れてくるにしたがって、レオナルドは我慢が利かなくなっていた。ジョゼフの方が閨事に積極的になっているせいもあるだろう。就寝前のくちづけは、ここ数日でどんどん濃厚になっている。すでに前戯といってもいいくらいだった。

　湯浴みを済ませ、寝台の横で唇を重ねる。挨拶ていどですぐ離れようとするレオナルドを、ジョゼフがしがみついて阻止した。舌を絡めて情動を煽るようなまねをすると、レオナルドは反応よく股間の一物を熱くする。

「ジョゼフ、だめだ、昨夜もしたのに——」

「私は今夜も触れてほしいです。だめですか？」

　覚えたばかりの性行為に、ジョゼフは熱意をもって取り組んでいる。レオナルドに触れられるのは気持ちがいいし、体についてのあたらしいことを学ぶのは楽しかった。自分の体もレオナルドの体も未知の部分がたくさんあって、こんなところでもジョゼフの向学心が発揮されている。

　挿入行為はまだレオナルドのすべてを受け入れることはできていなかったが、そのぶん手や口でおたがいを高め、解放へ導く技術は会得しつつあった。

「さあ、レオナルド、今夜は私からやらせてください」

「いやでも、その」

　あれほど禁欲生活を耐え抜いたレオナルドなのに、ジョゼフに迫られると断れない。寝台に横たわれと命じられ、されるがままになる。ガウンの合わせを広げて、ジョゼフは夫の一物を手に取った。すでに半ば勃起しているものに顔を寄せていく。先端にくちづけると、むくむくとそれが膨らみはじめ、あっという間に反り返るほどに育った。

　はじめてこの行為をしたときから、ジョゼフに嫌悪感はなかった。とても大きくて凶悪な色艶をしているが、欲望に正直な可愛い器官だと思った。腕っぷしが強い騎士であるレオナルドの急所を手中にしている優越感もあった。

　ちらりと視線を上げてみれば、真っ赤に興奮した顔でレオナルドがジョゼフを凝視していた。ニコリと笑ってみせる。レオナルドはうっと喉の奥で呻き、ますます顔を赤く染めた。

　片手で屹立(きつりつ)の幹を上下に擦りながら、先端の丸みに舌を這(は)わせる。浴室で丁寧に洗ったのだろう、石けんの匂いがした。一度、レオナルドの体臭に包まれながらこの行為をしてみたいなと思う。きっと男臭くてぞくぞくするような香りだろう。

　先端の切れ目から滲み出てくるものを舐め取る。ぱんぱんに腫れた性器はいまにも破裂しそうだったが、レオナルドは必死に耐えていた。苦しそうな表情をちらりと確認して、射精を促すように先端を口腔に迎え入れて吸う。

「う、くっ」

レオナルドの呻き声が耳に心地いい。このまま口腔に出してもらいたかった。ジョゼフはまだ一度も体液を飲ませてもらっていない。ジョゼフのものをレオナルドは飲んだことがあるのに、不公平だと思う。

「ジョゼフ、もういい。離れろ」

股間に埋めている顔を剥がそうと、レオナルドに頭を掴まれた。いやいやと首を左右に振る。

「出てしまう。やめろ」

だから飲みたいのだ。目で強く訴えたが、レオナルドに強引に顔を上げさせられた。その瞬間、勢いよく屹立から体液が迸った。ジョゼフの頬に飛び散り、たらりと顎まで伝わる。

しばし唖然としたレオナルドは、ハッと我に返ると慌てて寝台横のチェストに積まれていた練り絹を鷲掴みにした。

「すまない、汚れてしまった。すまない」

何度も謝りながらジョゼフの顔を拭く。

「飲みたかったのですが……」

「こんなもの飲まなくていい」

「でもあなた、私の体液は飲みますよね」

「ジョゼフのものは特別だ。君のすべては俺のものだからな」

いったいどんな理屈なのか、それは。納得できなくてムッとしたジョゼフに、「あれは不味いから」「飲んで気分が悪くなったらどうする」とレオナルドがよくない情報をあれこれとつけ足した。

「では今後、あなたも私の体液は飲まないでください」

「えっ、それはいやだ」

「気分が悪くなるのでしょう？」

「俺はいままで体調を崩したことはない」

「だったら私もきっと大丈夫です。飲んでいいと思います」

「いやいや、俺のものは最高に不味いからダメだ」

「どうして自分の体液の味を知っているのですか。まさかご自分で味見したことがあるとか？」

「ないない。そんな変態じみたこと」

「だったら私が味見をしてみましょう」

こんな言いあいははじめてではない。ジョゼフがレオナルドの性器を口で愛撫（あいぶ）することも、最初は「そんなことはしなくていい」と拒まれたのだ。でもレオナルドはジョゼフの体中にくちづけて、当然のように性器も口に含む。蕩けるような快感を経験して、ジョゼフは男ならだれでもこの行為は好きなはず、と押しきってレオナルドの股間に顔を埋めた。技巧などなにもない下手くそな口淫だっただろうが、ジョゼフが奉仕しているという光景が強烈な刺激になったらしく、レオナルドは陥落した。

「ジョゼフ、その、君の頑張りは認めよう。でも俺はこんなふうに閨事を許してもらっているだけで幸せなんだ。そこまでしなくていい」

「レオナルドは、私が妻としての義務感からこんなことをしていると思っているのですか」

ちがうのか？　といった目でレオナルドに見返され、ジョゼフははっきりと想いを口にしてこなかった自分に腹が立った。

「あのですね。いくら真面目で責任感が強い私でも、ただの義務感でここまでしません。ちゃんと、あの、私の気持ちは、あなたにあります。ここに、あります」

自分の胸を指さしながら、しかし曖昧な言い方になってしまう。レオナルドは「うん、ありがとう」と微笑んだ。

（ああ、これ絶対に伝わっていない）

ジョゼフは自分の意気地のなさに天を仰ぎたくなった。

「えーと、その、続きをしてもいいか？　こんどは俺が……」

ジョゼフの顔色を窺いながらレオナルドが手を伸ばしてくる。一回出したくらいでは萎えない一物が、股間にそびえ立っていた。

「はい、続きをいたしましょう」

二人は位置を入れ替え、横たわったジョゼフにレオナルドが覆い被さった。ジョゼフの尻の谷間にレオナルドが香油を垂らす。鎮痛薬入りの軟膏を使用したのは初回だけで、二回目以降はごく一般的な香油を使っていた。あの軟膏を手に入れるために、レオナルドが例の酒場に行くのはどうしてもいやだったからだ。さいわいなことに、ジョゼフが挿入行為に慣れてきたので、普通の香油でじゅうぶん事足りた。

「あ、んっ……」
「痛くないか?」
「だ、大丈夫、です」
「ここは?」

腹の中にとても感じる場所があることは、もうレオナルドに知られている。そこを的確に指で探られ、ジョゼフは「あっ」と艶(なまめ)いた声を上げてしまう。

「いいか?」
「いい、です」

恥ずかしくとも感じ方を答えてくれと言われ、ジョゼフは問われるままに言葉にする。そのあいだ目を閉じているので、レオナルドが目を血走らせながらジョゼフの様子を凝視して興奮していることなど知る由もなかった。

指でじっくりと広げられ、やがてレオナルドの一物を迎え入れる。挿入の痛みはまだあったが、快感を得られるようになった。感じる場所をレオナルドが屹立で擦り立ててくるのだ。

「ああ、ああっ、いや、そこばかり、あんっ」

「可愛い、ジョゼフ、感じてくれて嬉しい、可愛い」

「そんなに見ないでください」

　行為中、レオナルドはジョゼフの表情をよく見ている。羞恥のあまり両手で顔を隠しても、レオナルドが強引に引き剥がしてしまうから困る。

「どうして見てはいけないんだ？　可愛いぞ。頬を真っ赤にして、蕩けそうな顔をしている」

「言わないでください、ああっ、あっ」

「ジョゼフ、ああ、たまらない……」

　レオナルドに抱きしめられながら快感に濡れた。体を繋げてひとつになり、ともに頂点を目指していく。絶頂に達したあと、ジョゼフとレオナルドは見つめあい、満たされたくちづけをする。それでもレオナルドの性器を根元までまだ受け入れることはできていない。

「早くあなたのすべてを受け入れたいです」

「その気持ちだけで嬉しいよ」

　レオナルドは優しかった。けれどその優しさは、別離が待っているからだとも思えて、ジョゼフはときおり辛くなる。

　眠るとき、ジョゼフはレオナルドの体のどこかに触れていたい。彼がそばにいることを確かめながら安心して眠りたいと思う。まだレオナルドはここにいる。どこにも行かないで、ジョゼフの横にいる――。レオナルドがいやがらずに手を繋いだり抱きよせてくれたりすることが、嬉しかった。

そんな夜を重ねて、二人は心を寄せていき、だれがどう見ても仲睦まじい夫婦になっていった。

◇

とうとうその日がやってきた。

王都警護の詰め所にやってきた将軍ハーラディーンは厳しい表情でレオナルドに対峙し、命令書を手渡してきた。

「明朝、部隊を率いて国境へ向かうように」

「はっ」

短く返事をしてレオナルドは騎士の礼をする。その後ろでマリオンも敬礼した。

「結婚してまだ三カ月のおまえを国境へ行かせるのは胸が痛むが、王国軍の騎士として仕方がないことだと諦めてくれ」

「軍に属する者として、国のために戦うのは当然のことです。将軍が心を痛められる必要はまったくありません。俺もジョゼフも覚悟をしておりましたから大丈夫です」

最初にノヴェロ王国の不審な動きを聞いてから、もう一カ月半がたっている。心の準備をする時間を与えてもらえたことをありがたいと思っていた。とはいえ、ジョゼフはきっと悲しむだろう。

　この一カ月、当初から比べたら信じられないほど幸福な日々を過ごせた。ジョゼフがその広い心でレオナルドの愚行をすべて許し、夫婦の営みにも果敢に挑んでくれたからだ。

最初は、レオナルドが戦場となる国境へ行く可能性が高いことを耳にしたから、ジョゼフが哀れに思ってくれたのかと考えた。けれど日を重ねるにつれ、ジョゼフからの愛情を感じるようになった。彼の笑顔や言葉には、レオナルドを労り、癒やし、支えていこうという気持ちがあるように思ったのだ。しかし言葉で愛を告げられてはいない。

　でもそれでじゅうぶんだった。ジョゼフは律儀で、姿だけでなく心根も美しい。その清らかな心でレオナルドを夫として立てようとしてくれている。自分とおなじだけの愛情をジョゼフから返してほしいなどと、思っていない。

　レオナルドはあえて、おのれの本心を言葉にして伝えていない。

愛していると、三年前からずっと愛していたのだと、ジョゼフにまだ告白していなかった。

いつどのように言おうかと悩んだときもあったが、もしも国境から戻れなくなったとき、ジョゼフが余計に苦しむことになりはしないかと思い、言わなくてもいいのではと考えた。

「マリオン、明日の出立を部隊全員に通知してくれ」

「わかりました」

ハーラディーンを見送ってから、二人は手分けして雑事を片付けた。いつでも発てるように備えていたとはいえ、一晩で動き出せるように準備しなければならない。やらなければならないことはあとからあとから湧いて出た。王都警備の詰め所から王国軍の司令部に移動して確認作業に没頭していたら、あっという間に日が暮れた。

「中隊長、ご自宅に帰られなくてもいいのですか」

事務仕事を手伝っていた文官にそう言われ、集中していたレオナルドはハッとした。近くにいたマリオンは時計をちらりと見て、「一度帰宅してはどうですか」と声をかけてくる。

「いや、俺は……」

まだ目を通さなければならない書類がたくさんある。ジョゼフの顔を見たかったが、自分がいま抜けたらマリオンに仕事が回るだけだ。

「いま帰らなければ、会えないまま出立することになりますよ」

「だが——」

「私は最初から徹夜するつもりです。独身のうえ親がいる故郷は遠いので宿舎暮らしなのはご存じでしょう。だれとも別れの挨拶をする必要はないので気にしないでください。あなたは大切な人がいるではないですか。このまま出立したら怒らせて、帰ってきたときに家に入れてもらえないかもしれませんよ」

ちょっとふざけた言い方でマリオンが帰宅を促してくる。隣にいる文官もたしか独身だったはず。マリオンに同意するように頷いている。

ジョゼフに一目でも会いたい気持ちは、体から溢れそうなほどある。責任ある立場でいながら妻を優先するのはどうかと思うが、我慢できそうになかった。

「すまない。できるだけ早く戻ってくる」

「戻りは明日の朝でいいですよ」

マリオンに追い出されるようにしてレオナルドは帰路についた。

夜の王都を、レオナルドは愛馬を急がせて帰った。屋敷が見えたときには、焦燥感は限界なほどに膨れあがっていた。門を開けさせて玄関まで馬を駆けさせ、厩番が駆けつける前に飛び降りる。自分で両開きの扉を開けた。

「旦那様、お帰りなさいませ」

家令が慌てて奥から出てくる。構わずにレオナルドは周囲を見回し、二階から階段を下りてくるジョゼフを見つけた。

「ジョゼフ！」

「レオナルド、お帰りなさい。今日は遅かった――」

突進する勢いで駆け寄り、愛する妻を抱きしめた。使用人たちが見ていようが構わない。ただジョゼフを全身で感じたかった。抱きしめたままなにも言わないレオナルドに、ジョゼフは「まさか」と呟く。

「命令が下ったのですか……」

「明日、王都を発つ」

息を呑んだジョゼフが、レオナルドにしがみついてきた。震えながら騎士服に爪を立てているジョゼフを抱えたまま、レオナルドは遠慮気味に近寄ってきた家令とスタンリーを振り向く。

「旦那様……いま聞こえたのですが」

「明日、国境へ向かうことになった」

二人の顔に緊張が走った。

「日の出とともに出立する。帰りはいつになるかわからない。留守のあいだ、ジョゼフと屋敷を頼む」

それだけを告げて、ジョゼフを抱きあげる。階段を勢いよく駆けあがったレオナルドは、夫婦の寝室に繋がる扉を蹴り開けた。この半月、毎晩二人で眠った寝台にジョゼフを横たえる。

「レオナルド……」

ジョゼフはもう泣いていた。金色の瞳を溢れる涙で潤ませてレオナルドを見つめてくる。可愛い、この愛しい人を置いていかなければならない。

そう思ったら、言わないでおこうと決めていた言葉が口からこぼれた。

「ジョゼフ、愛している」

金の目が驚きに見開かれる。

「レオナルド……」

ああ、言ってしまった――。

即座に後悔したが、もう止まらなくなった。

「俺はたぶんはじめて会ったときから君を愛しはじめていた。ずっと気づいていなかったくせに君と結婚できて浮かれてしまい、初日にひどい言動をしてしまった。すまなかった」

泣きながらジョゼフは左右に首を振る。

「もう、あのときのことはいいのです。何度も謝ってもらいました」

「許してくれてありがとう。俺を受け入れてくれてありがとう。俺は幸せだった」

「過去形で言わないでくださいっ」

「そうか、そうだな。悪かった」

無意識のうちに過去形で話していたことを指摘され、レオナルドは震えているジョゼフに覆い被さって抱きしめた。唇を重ね、柔らかく吸う。愛をこめてくちづけた。

「かならず帰ってくる」

ジョゼフと、自分自身にも言い聞かせるように、「かならずだ」とくりかえした。

「待っていてくれ」

「……はい」

「国境が鎮まれば、俺は飛んで帰ってくる。それまで、待っていてくれ」

「待っています。あなたの帰りを、ずっと」

「寂しくても我慢してほしい。俺以外の男も女も寄せつけないでくれ。父はジョゼフをそんな目で見ていないので許せるが、ほかの男はダメだ。できればユリシーズ殿下とはもう二人きりにならないでほしい。誤解してほしくないのは、君を信じていないわけではない。ただ俺の心が狭いだけだ。俺が王都にいないあいだに、ジョゼフが他の男といっしょにいると思うといてもたってもいられなくなる。俺の心の安寧のために、願いを聞いてほしい」

「わかりました。あなたの言う通りにします」

「我が儘ですまない」

駄々をこねている自分に落ちこみながら、けれどレオナルドはジョゼフが望み通りにしてくれるとわかって安堵した。

「レオナルド、私もあなたにお願いがあります」

「なんでも言ってくれ」

「戦場では見目のいい若い兵士が上官の慰め役を務めたり、娼婦が通ったりすることもあると聞きました。命の危険がある場所で、そうした息抜きが必要なのは理解できます。だから、あなたが私以外のだれかを相手に発散しても仕方がないことだと思います」

ジョゼフはそう言いながらも辛そうに唇を噛む。

いったいどこでだれからそんな話を聞いたのか。実際にあることなので否定はできない。レオナルドも娼婦の世話になった経験があった。

「私はここであなたを待ちながら無事を祈ることしかできません。だから、国境であなたがなにをしても、私は許します。ここに、私のもとに、帰ってきてくれるのなら、それで――それでいいのです」

騎士の妻としての覚悟を決めたジョゼフは、それでも金の瞳から涙を溢れさせた。

「帰ってきてください。私を愛していると言うのなら、私のために帰ってきて」

「かならず帰ってくる」

「知っていましたか。私も、あなたを愛しています」

「ああ……ジョゼフ」

決定的な言葉をもらうことができて、レオナルドは目を閉じた。ジョゼフを抱きしめて、またくちづける。こんどは激しく。

「愛してる。愛してる愛してる愛してる。ジョゼフだけだ。俺には君しかいない。君のために帰ってこよう。君を一人にさせない。帰ってくる。絶対に、ジョゼフのもとに帰ってくる」

「レオナルド！」

しがみついてくるジョゼフにくちづけながら、服を脱がせた。

四肢をもつれあわせて二人はおたがいの存在を確かめた。朝まで何度か体を繋げ、愛を囁きあい、何十回何百回と「かならず帰ってくる」と誓った。

へとへとに疲れて気絶するように眠りに落ちたジョゼフの顔を、レオナルドは一睡もせずに見つめ続けた。目に焼きつけておきたかった。

夜明けとともに一人で寝台を抜け出し、隣室に控えていた家令に手伝わせて戦闘用の騎士服を着た。軽くて伸縮性に富む生地で仕立てられている。その上に金属製の鎧をつけた。

「レオナルド……?」

寝室からジョゼフの細い声が聞こえてきて、レオナルドは足を向けた。寝台に横たわったまま、ジョゼフは鎧姿の夫を見る。昨夜の名残で目元を赤く腫らしたジョゼフは、「もう、行くのですか?」とまた瞳を潤ませた。

レオナルドが頷くと、ジョゼフは怠そうに起きあがった。白い胸には、無数のくちづけのあとが赤く残っている。昨夜の自分がどれだけ情熱的にジョゼフを求めたか、物語っていた。

「無理に起きなくていい」

「いえ、きちんとお見送りしたいので」

スタンリーを呼び、ジョゼフは服を着た。ふらふらしながらもジョゼフは階段を下り、玄関まで歩いた。開かれた扉の外には、マリオンが迎えに来ていた。マリオンは「おはようございます」とレオナルドに挨拶したあと、ジョゼフに深々と頭を下げた。

「中隊長は私がお守りします」

「よろしくお願いします」

ジョゼフも頭を下げる。侯爵家出身のジョゼフが、夫の副官とはいえ平民のマリオンに頭を下げたのだ。マリオンが表情を引き締める。

玄関には使用人全員が出てきていた。ずらりと並び、レオナルドを見送ってくれる。忠義心を感じるまなざしに、あらためて人選した父に感謝した。彼らにならジョゼフを任せられると思える。

「ジョゼフ、武勲を立てて帰ってくるからな」

「武勲なんていりません。帰ってきてくれれば私はそれでいいのです。ケガをしても、どんな姿になっても、帰ってきてください」

もう何度もやり取りしたのに、またここでおなじような言葉を口にしてしまうのは、ジョゼフから「なにがあっても帰ってきて」と言ってもらいたいからかもしれない。

贅沢になったものだ、とレオナルドは苦笑いする。

「じゃあ、行ってくる」

厩番が引いてきてくれた愛馬に跨がり、レオナルドはジョゼフに笑いかけた。

ジョゼフも涙目になりながら笑い返してくれた。朝日の中で、彼は輝くように美しかった。

後ろ髪を引かれながらレオナルドはマリオンを従えて屋敷の門を出る。気持ちを切り替えなければならないのに、なかなかうまくいかない。すぐにでも引き返して、ジョゼフをもう一度抱きしめたい衝動に駆られる。これから戦場へ向かうというのに、こんなことははじめてだ。

「マリオン、俺はどうやらとんでもない臆病者に成り下がったようだ」

「ジョゼフ様のことですか」

「こんなに離れがたく思うとはな……」

ふう、とひとつ息をつく。夜明けの空を仰ぎ見た。

「聞いて驚くなよ。俺はジョゼフを愛している」

「なにをいまさら」

フッと笑われて、レオナルドは驚きながらマリオンを振り返る。

「いまさらと言ったな？　どういうことだ。おまえは知っていたというのか」

「知っていましたよ。結婚前、あなたはジョゼフ様のことを考えると胸がいっぱいになるとか落ち着かなくなるとか、恋煩いの少年のようなことをごちゃごちゃと言っていたではないですか」

「こ、恋煩い？」

「自覚がないって怖いですね」

からかう口調で言いながら、マリオンの目は鈍い兄を見守るように温い。

「結婚直後は夫婦仲があまりうまくいっていないようで心配していましたが、最近は毎日ご機嫌でしたから、きっとなんとかなったんだろうと思っていました。想いが通じたようで、よかったです」

「あ、うん、まあな……」

「とりあえず、新婚気分はここまでにしておいて、切り替えていきましょう。あなたの兵士二百名が待っていますよ」

「わかっている」

レオナルドは気を引き締めて、まっすぐ前を向く。愛馬を急がせ、王都の城壁の外で待機している部隊へ駆けていった。

ふと集中が途切れると、どうしてもレオナルドのことを考えてしまう。

ジョゼフは窓から空を眺めて、いまごろ夫は国境でどうしているだろうと思いを馳せた。

レオナルドが王都を出立してから一カ月が過ぎている。彼は体も声も大きかったので、存在感があった。当初は喪失感がひどかったが、しだいに慣れてきた。

最初の一週間、ジョゼフは屋敷でじっとしていた。なにかあれば真っ先に知らせが来るからだ。しかし余計なことばかり考えてしまい、食欲が落ちて不眠気味になった。それではあまりにも不健康だと家令やスタンリーから心配され、バウスフィールド家の手伝いを再開することにした。

ジョゼフ自身もなにかをしていた方が気が紛れるとわかっていたし、息子が戦地にいることに慣れているドナルドのそばにいると安心できた。

「なに、そのうち元気に戻ってくるさ。あいつの体は頑丈にできているからな」

ドナルドはそう言って泰然と構えている。父親が騎士だったドナルドは、子供のころから身内の無事を祈りながら待つことに慣れていた。ジョゼフは義父のそうした姿勢から、いろいろなことを学んだ。

とはいえ、事あるごとに国境へと意識が逸れてしまい、以前よりも作業効率は悪くなっている。ドナルドはわかっていてジョゼフを咎めることはない。そっとしておいてくれていることに感謝しつつ、ジョゼフは書きかけの契約書に向き直る。誤字脱字をしないように、紙にインクの汚れをつけないように気を遣いながら、一字一字、丁寧に綴っていく。

なんとか書きあげて、インクを乾かすため机の端に置いた。

「……手紙、届いたかな」

またレオナルドへと気持ちが飛んでしまう。

三日前、レオナルドへ手紙を出した。国境警備の詰め所までは馬を駆けさせれば約一日の距離だが、手紙は王国軍に預けてから三日ほどかかるらしい。緊急を要さない家族からの手紙は、まとめて届けるからだ。

すでに三回ほどやり取りしていた。最新の手紙が今日あたり届いているかもしれない。

ジョゼフは手紙に泣き言はいっさい書かないと決めている。レオナルドを悲しませたり焦らせたりしないように、バウスフィールド家であったこと、屋敷の庭にあたらしい花が咲いたこと、メイドの一人が近いうちに結婚すること——そうした日常について報告する。そして最後に、ささやかな愛の言葉。いつまでも待っていると添えて。

読んだあと、穏やかな気持ちになって、ジョゼフのことを少しだけ考えてくれるていどでいい。

レオナルドがいない王都では、夏が終わろうとしていた。ノヴェロ王国の冬は厳しいらしく、冬の訪れとともに停戦協定が結ばれるだろうといわれている。早く冬が来ればいい。きっと国境は王都より寒い。何年も国境で警備を担当していたレオナルドはそちらの気候など承知しているかもしれないが、体調を崩さないか心配だった。

「でも、私のような人はたくさんいる……」

一カ月前、レオナルドが発って数日後、ジョゼフははじめての手紙を書いた。スタンリーを伴って王国軍の窓口へ行ったジョゼフは、たくさんの人たちがおなじ目的で訪れていることに驚いた。母親が息子へ、妻が夫へ、若い女性が恋人へ——みんな手紙を胸に抱いて窓口へ頼んでいた。貴族も平民もない。みながおなじ立場で、家族の無事を願っている。国境にはレオナルドの部隊だけではなく、合計千名ほどの兵士が派遣されているのだ。

ジョゼフはきちんと列の最後尾に並び、窓口の職員に手紙を託した。宛名を見た職員はジョゼフの身元を察して、「申し出てくだされば、並ばなくとも優先的に受け付けますのに」と困惑顔になった。次回からはそうしてくれと言われたが、ジョゼフは断った。

「家族を案じる気持ちに身分など関係ありません。それに私は時間がありますから、のんびり並びます」

職員に不可解そうな顔で首を傾げられたが、ジョゼフは静かに微笑んで帰ってきた。

レオナルドからの手紙も届いている。ジョゼフが行ったことがない国境の風景や宿舎での生活、部下たちの面白い話などが書いてあった。戦況についてはいっさい言及していない。外部に漏らしてはいけないという決まりがあるのかもしれなかった。

ジョゼフがバウスフィールド家に通うのにはもうひとつ理由がある。国境の様子が行商人たちから聞けるからだ。国を跨いで商売をしている者はみな情報通で、領地から上がる収益と王都での社交しか頭にない貴族たちより、よほど時流を把握していた。

行商人と直接ジョゼフが言葉を交わすことはドナルドに禁止されている。素性のあやしい者もいるからだそうだが、行商人はほとんどが男なのでレオナルドがあとで知って悋気(りんき)を起こすせいではないかと確信していた。

重要な話がもたらされたときは隠さずにジョゼフに話すとドナルドが約束してくれているので、ジョゼフは毎日、昼の休憩時間や帰宅の挨拶をするときに尋ねていた。

次の契約書に取りかかろうとしたとき、部屋の扉がノックされた。はい、と返事をするとドナルドが入室してくる。

「やあ、捗(はかど)っているかな」

「いえ、すみません、なかなか……集中力がもたなくて」

「ゆっくりでいいからまちがわず丁寧に書いてくれ」

「はい、そこは気をつけています」

ドナルドが昼の休憩時間でもないのにジョゼフの部屋に来るのは珍しい。なにかあったのか、気になった。

「じつはね、ついさっき国境の話が耳に入ったので、君に伝えておこうと思って」

やっぱり、とジョゼフは緊張した。

「昨日、大規模な衝突があったらしい。ノヴェロ王国軍と我が国の軍、双方に多数の死傷者が出たという話だ」

恐ろしい報告に、ジョゼフは手足が一気に冷えていくほどの恐怖を感じた。

「あいにくと、だれの部隊にどのくらいの死傷者が出たのか、詳細はわからない。レオナルドの部隊でないことを祈るだけだ」

「……そうですね……」

たとえレオナルドの部隊でなくとも、すべての兵士には家族がいる。だれかの子であり、だれかの夫であり、だれかの親なのだ。ジョゼフは手紙の受付窓口での光景を思い出し、胸を痛めた。

「国境に常駐している軍医と看護師では手が足りなくて、応援が派遣されたようだ。馬車を貸し出している業者から聞いた」

ドナルドはさすがに顔が広い。

「重傷者と死者は今夜にでも王都に運ばれてくるだろう。そうすれば詳しいことがもう少しわかると思う。医薬品を取り扱っている店に知り合いがいるから、死傷者がおもにだれの部隊から出たのか、情報を持っているかもしれない。聞いておこう」

「なにかわかったら、また教えてください」

ドナルドは頷きつつ、感慨深げにジョゼフを見つめた。

「息子のことを本気で心配してくれて、ありがとう。とても感謝している」

「そんなこと、夫婦なのだから当然です」

「それはそうだが、結婚当初はまさかここまでジョゼフがレオナルドに心を寄せてくれるようになるとは、思ってもいなかったのだ。いっしょに暮らしたのはわずか三カ月……。家令から二人の様子はときどき報告させていた。しだいに二人の距離が縮まってきて、仲睦まじく暮らしていると知ったとき、どれほど私が喜んだか！　私の息子が気の利いたことを言ったりしたりできるはずもない。おそらく君が努力してくれたのだろう。ありがとう」

「義父上……」

「頻繁に手紙を書いて送ってくれているらしいじゃないか。きっとレオナルドの心の支えになっているだろう。本当にありがとう。息子は幸せ者だ」

微笑んだドナルドの目尻に、光るものがあった。

◇

レオナルドは就寝前に、ジョゼフからの手紙を何度も読み返す。国境の宿舎暮らしは二カ月が過ぎ、手紙はもう何通も溜まった。封筒の隅に届いた順に番号を振っている。

父のドナルドが褒めたという美しい文字で綴られた日常生活の報告は、読んでいて自然と笑みがこぼれてくるようなものだ。平和な王都で穏やかに暮らしている様子がよくわかり、レオナルドは安心する。

今月の給金を、ジョゼフは使わずに貯めこんでいるそうだ。先月の給金は実家の両親に贈り物をしたと報告を受けている。レオナルドが帰ってきたら、また市場に連れていってほしいと書かれた手紙は五番目のものだっただろうか。来月から給金が上がるらしく、それとあわせると串焼きが五十本は買えると綴られていて思わず笑ってしまった。

手紙には毎回、『愛をこめて、あなたの妻より』と最後にしたためられていた。

その文字をランプの下でじっと見つめる。ときには指先でなぞったりした。

ジョゼフの華やかな笑顔や優雅な身のこなしを脳裏に思い浮かべる。何気ないしぐさでもジョゼフがすると洗練された舞いのように見えるのが不思議だった。夫婦仲がよくなかった時期、不機嫌な顔もつい目を奪われるほどきれいだった。許されてからは、レオナルドの他愛もない話を熱心に聞いてくれ、よく笑ってくれた。彼は器用に楽器を操る。芸術方面の才能が皆無なレオナルドからしたら、ジョゼフの指は奇跡に近い。彼はピアノも弾けるが、レオナルドはバイオリンの音色が好きだ。音楽など面白いと思ったことはないのに、ジョゼフが紡ぎ出す音は聴いているとうっとりする。

そして夜は、たまらなく色っぽくなる。滑(なめ)らかな肌は温かく、レオナルドを受け入れる粘膜は熱い。回数を重ねるごとにジョゼフは快感を得るようになっていき、頬を紅潮させて悶える姿はレオナルドを夢中にさせた。

果てたあと、汗ばむ体を甘えるように寄せてくるジョゼフは猛烈に可愛い。頭からがぶりと食べてしまいたいくらいに可愛い。

会いたい、と切実に思う。ジョゼフのもとに帰りたい。自分に課された任務は重々承知しているが、愛する人がそばにいない生活は辛かった。

いままで国境警備の役目が辛いと思ったことなどなかったのに。

レオナルドは左手の薬指に視線を落とす。結婚指輪。ジョゼフの指にもおなじものがはまっていると思うだけで切なさがこみあげてくる。金剛石(ダイヤモンド)にそっとくちづけて、ため息をついた。

いつ王都へ戻れるかわからない状況が、おそらく辛さを倍増させている。ノヴェロ王国との衝突は終わりが見えなかった。これほどの規模の侵攻は、三年ぶりになるだろう。レオナルドが武勲を立てて騎士の称号を得たときの戦闘も激しかった。あのとき以来の規模になっているはずだ。

しかし晩夏から侵攻がはじまったのは遅かった。ノヴェロ王国は北方に位置しているため冬の寒さが厳しく、軍部が活発に動くのは春から秋にかけてだ。夏の終わりになってから動きはじめたのは、ノヴェロ王国内でも隣国への侵攻に反対する意見があって準備が遅れたのではないか、それともなにか策があってわざと遅らせたのだろうか。

ハーラディーンはまだ読みきれていない。そのため、こちらの方針が定まっておらず、いまのところ受け身の態勢しかとれていなかった。

国境ではとうに秋風が吹いている。空は厚い雲に覆われ、頻繁に冷たい雨が降った。冬になるとこちらが不利になるだろう。ノヴェロ王国との国境は王都よりもかなり北になるうえ、地形的に強い寒風が吹き荒れる。ときおりノヴェロ王国の山脈から雪も飛んでくる。寒さに慣れているノヴェロ王国軍と比べると、こちらはいささか弱かった。もちろん防寒具は調達済みだが、動きは悪くなるにちがいない。

すでに双方に死傷者がかなり出ていた。レオナルドの部隊はまだ被害が少ないが、それならばいいというわけではない。脱落した兵士の代わりが補充されなければ、無傷の兵士たちの負担が増していく。疲弊させてしまうと戦力が落ちるし、士気にも関わる。

「早く終わらせたい……」

どうせ、どちらかの国が滅亡するまで戦うことにはならないのだ。ノヴェロ王国にそこまでの軍事力はない。わずかでもいいから南へ国土を広げたいという一方的で独善的な思惑で侵攻してきているだけだ。

ハーラディーンも国王も、戦いを好んではいない。侵攻してくるから迎え撃つのだ。

少しでも自国が有利な状態で停戦したいと思っている。

「ノヴェロ王国の国王は、馬鹿なのか？　我が国は停戦と引き換えにいままで土地を割譲したことはない。そもそも軍事力はこちらの方が上だし、国家予算も倍ほどの差がある。なぜ小競りあいていどで国土を広げられると思うのか」

現在、国境には通常配備されている一個大隊の兵士一千名に加えて、段階的に二百名ていどの中隊が増やされ、合計二千名が集結している。対してノヴェロ王国軍側は一千名ていどと思われる。正面から衝突すれば数で圧倒するこちらが有利だ。

しかし、ノヴェロ王国がもし戦争の長期化を図り、今後軍備を増強して冬の訪れとともにこちら側が疲弊していくのを待っているとしたら、早期決着のための策は急務となる。

今回の戦争において、ノヴェロ王国軍の総大将は国王の第五王子ダンフォースだと思われる。

資料によれば三十代半ばのダンフォースは成人後すぐから軍籍にありつつも、ほとんど実戦経験がない。そのため戦術や戦略の癖はいっさいわからない。晩夏からの侵攻が策なのかどうかが読めないのは、そのせいだった。

もっと偵察隊を出して敵陣を探り、敵兵たちの様子や軍備を調査し、ダンフォースの性格を推察したうえで今回の戦争の落としどころを考えた方がいい。そうレオナルドは軍議で提案しているのだが、ほかの中隊長たちが聞き入れない。中隊長の中で最年少のレオナルドは、彼らから下に見られていた。いざというときはレオナルドを前線に立たせるくせに。

ハーラディーンが方針を決断できていないため、大隊長も考えをはっきり表明しない。攻めてくるノヴェロ王国軍を迎え撃つばかりで埒があかないことに、レオナルドだけがヤキモキしている状態だった。

「ジョゼフ……」

会いたい。もう二カ月もジョゼフの顔を見ていない。会って、くちづけて抱きしめて、たくさん話をしたい。また彼のバイオリンを聴きたい。

くだらない戦いなど終わらせて、早く帰りたい。こんなところで冬を迎えるなんて、想像しただけで身も心も凍える。いくら薪を焚いても、寂しい心は温まらない。

そのためにはどうしたらいいか。

レオナルドはひとつの決意をして、ジョゼフの手紙を胸に抱く。せめて夢の中だけでもジョゼフに会いたいと、目を閉じた。

　翌朝、レオナルドはマリオンに自分の案を話した。

「こんなくだらない戦争は早く終わらせるにかぎる。俺が極秘にノヴェロ王国軍の陣内深くに潜入し、総大将を討つ」

「なるほど、奇襲をかけるというわけですね。いや、暗殺ですか。敵の大将を叩けば早く終わるとは思いますが、無謀ではありませんか？」

　やや呆れた顔をしながらも、マリオンは頭の中であらゆる選択肢を検証し、考えをめぐらせているのがわかる。

「あなたがこの戦争に一日でも早く決着をつけたいのはわかっています。しかし、たいした策もなく忍びこむだけでは命を捨てに行くようなものなので賛成できません」

「だからこれから策を練る。俺だって死にたくない」

「そう言ってもらえると安心です。情報を精査して幾通りもの作戦を考案しておいての奇襲なら、勝算はあると思います。ですから、自棄にならないでくださいね。まあ、あなたには未亡人にしたくない人がいますから、そう簡単には死なないでしょうけど」

　未亡人という不吉な言葉にレオナルドは顔をしかめた。

「あの方を一人にしたら、あたらしい配偶者候補が列を成すでしょうね。一度結婚していると、二度目の結婚の障害は総じて減るものです」

　容易に想像してしまえる状況に、レオナルドは現段階では妄想でしかない恋敵に腹を立てた。

「ジョゼフを未亡人にさせてたまるか！」

「その意気です」

マリオンが挙げた奇襲に必要な情報は、敵の大将の現在地と、そこに至るまでの地形の把握、最適な天候と時間帯、そして人選だった。

「できれば俺の部隊の手練れを連れていきたい」

「言うまでもありませんが、私も行きますよ。あなたをお守りすると、奥様に約束しました」

マリオンはレオナルドに次いで剣の腕が立つ。志願してくれてレオナルドは心強かった。

すぐにマリオンは自分の部隊の兵士で偵察隊をいくつか組織し、敵陣へと放った。

レオナルドの部隊は二日間の任務を終えて二日間の休みに入ったところだ。このあいだに作戦を練る。ほかの中隊長には気取られないように動かなければならない。武勲を立てるために逸ったと受け取られかねないからだ。作戦を知られたら邪魔されかねない。

どこから話が漏れるかわからないので、将軍に提案するのは隙のない作戦を立ててからと決めた。ハーラディーンは国境を大隊長に任せていてほとんど王都にいるのだが、数日前からこの地に来ている。大規模な衝突があったと報告を受け、様子を見に来たのだ。

翌日に戻ってきた偵察隊から敵陣の正確な位置や軍備の詳細、総大将ダンフォースの警護態勢を聞き、マリオンが奇襲計画を立てる。レオナルドがその計画において、必要な能力を備えた人材を選んだ。その後もう一度、偵察隊を向かわせ、情報の確認をした。

そしてある夜、人払いをしてもらい、将軍と大隊長だけに、計画を提案した。

「計画書はあなた方が読んだら破棄します。いますぐ目を通してください」

レオナルドが渡したものは二人の顔色を変えるにじゅうぶんな内容だった。

悪天候の夜を選び、レオナルドがマリオン含む精鋭十名だけを連れて敵陣の裏側まで移動して最奥へ侵入。ダンフォースを討つ。そして速やかに退避する。

大筋をいえばただそれだけだが、侵入経路は入念に検討した。予定通りに運べば完遂できるだろう。途中で無理だと判断したら、即撤退すると決めている。

「俺の部下に敵陣の最奥まで偵察に行かせた結果、大将の居場所が特定できました。今回の侵攻の指揮を執っているのはノヴェロ王国の国王の第五王子ダンフォースでまちがいありません。侵攻強硬派の先鋒といわれている王子ですが、戦場の経験はほとんどない。実際に軍を動かしているのは文官あがりの側近の男のようです。王子が大将としてまつりあげられたのは、言い出しっぺが責任を取らされた、というかたちなのではないでしょうか。だから軍事行動が晩夏までズレこんだ。おそらくこの時期になってしまったことに深い意味はありません。王子も早く終わらせて国境から遠ざかりたいはず。そこに隙があると思います」

レオナルドは計画書を睨みつけて難しい顔をしているハーラディーンに詰め寄った。

夜陰に乗じての侵入、そして総大将の暗殺は騎士道に反する作戦だ。けれど奇襲作戦がいままでまったく行われなかったわけではない。戦況が膠着状態に陥ったときの突破口として、しばしば立案され実行されてきた。総大将の暗殺はさすがに例がないが。

ハーラディーンが悩んでいる理由は作戦が暗殺だからではなく、立案実行しようとしているのがレオナルドだからだろう。息子か甥のように可愛がられていることをレオナルドは自覚している。だがいまはそんな情に流されている場合ではない。

レオナルドは即断即決が信条だったハーラディーンの老いを感じた。

「将軍、俺にやらせてください。いたずらに長引かせて兵士を失いたくありません」

「だがレオナルド、失敗したら命がないぞ」

ハーラディーンが即座に却下しなかったことに、レオナルドは希望を見出した。

「いいえ、失敗してもかならず生きて戻ってきます。私の部下も一人として死なせない。無理だと感じたら逃げ帰ってきます。その際の責任は、俺がすべて負います」

失敗したら降格もあり得るだろう。せっかく騎士になれたのに、無位の兵士に落ちてしまうかもしれない。ジョゼフは怒るだろうか。いや、レオナルドが無事に帰ったら、諸手(もろて)を挙げて喜んでくれるだろう。もし万が一、騎士でなくなったレオナルドに失望したと言われたら、また頑張って出世するだけだ。

「……たしかに、やってみる価値はあるかもしれん」

「できれば悪天候の夜に決行したいです。雨風の音で侵入が察知されにくくなりますから。天文方の文官に聞いたところ、数日は晴天が続くようです。雨の予報が出たら、作戦決行の許可を出してください」

レオナルドの真剣な目をじっと見つめたあと、ハーラディーンはため息をつく。

「わかった」

将軍が頷いた。レオナルドは静かにぐっと拳を握った。

「本当に、無理だと思ったら退くんだな？」

「当然です。俺はまだ死にたくない」

「その言葉、信じるぞ」

将軍に肩を思いきり叩かれ、レオナルドは痛みに苦笑した。


四日後の夜、国境に冷たい雨が降った。

天文方が出した予報では明日の昼まで雨は続くという。ハーラディーンが奇襲作戦決行の許可を出した。

レオナルドは精鋭十名を連れて、騎乗して秘かに国境の宿舎を出た。偵察隊が見つけておいた山の中の獣道を黙々と進み、明け方、敵陣の裏手に回りこむことに成功した。雨はまだ降っている。

レオナルドたちは音をたてないように金属製ではなく革製の鎧を身に纏い、雨をはじくよう油を塗った黒いマントを羽織っていた。とはいえ雨は首筋や足元から服を濡らし、体は冷えて強張っている。しかし心は使命感に燃えていた。

離れた場所で馬を下り、敵陣の中に入りこむ。雨のせいで篝火の炎は弱く、不寝番の兵士たちの立ち姿には疲労が見えた。等間隔に建てられた野営幕のあいだを、レオナルドたちはすり抜ける。足音と衣擦れの音は雨音が消してくれた。

ひときわ厳重に警備された大きな幕を見つける。距離を置いて小型望遠鏡で幕を観察した。

幕を地面に留める金具のひとつに、目印の紐が括られているのが見えた。偵察隊が総大将の居場所と特定した幕だ。雨除けと防寒のためか幕は三重に張られている。こんな幕はほかにないため、まちがいないだろう。

レオナルドは無言で部下に合図をした。マリオン以外の兵士がサッと素早く散開し、幕を囲む不寝番の敵兵たちの背後に回る。一声も上げさせることなく、彼らは敵兵を倒した。

「行きましょう」

マリオンが先に動き、レオナルドも周囲の気配を探りながら移動する。

「寒いぞ。寒くて目が覚めた」

中から中年の男の声が聞こえてきた。侍従らしき若い男の声が、「申し訳ありません、殿下。いますぐ薪を足します」と答えている。たしかに雨のせいで気温が下がっているが、寒くて眠れないほどではないと思う。

「ああもういやだ。早く都に帰りたい。こんなところに来たくはなかったのに！」

「殿下、お静かに。外の兵士たちに聞かれてしまいます」

「聞かれても構わん。無能な兵士たちのせいで、忌ま忌ましいルティエンス王国との戦争が終わらないのだ。私のためになぜ死力を尽くせない？　私は国王の子だぞ。わざわざ国境まで足を運んでやったのに、不味い食事と粗末な寝台を与えられ、もう、もうたくさんだ！」

「殿下、殿下、落ち着かれませ。いま心静かになれる薬湯をお持ちいたします」

「そんなものはいらない。私はもう都に帰りたいのだ！」

ずいぶんとよく通る声の持ち主だ。すべて聞こえている。レオナルドはマリオンと顔を見合わせた。中で喚いているのはダンフォースにまちがいない。総大将がこれでは敵軍の士気は下がっているはず。この王子がいなくなれば、ノヴェロ王国軍は退却するのではないか。

「私が」

囁き声でマリオンが自分の腰の剣に手を伸ばした。

「騎士であるあなたが斬るほどの人物ではないでしょう」

すらりと鞘から抜き、幕の合わせから踏みこんだ。黒ずくめの侵入者に、幕内の男たちが息を呑む。悲鳴を上げそうになった侍従らしき若い男をマリオンが容赦なく斬った。次いでダンフォースと思われる華美な夜着姿の中年の男に迫る。

「あ」

最期に発した声は、それだけだった。心臓を一突きにされた王子はフリルが縫いこまれた絹の夜着を朱に染めて寝台に倒れこむ。ダンフォースの死に顔を冷静な目で見下ろしたマリオンは、剣の血をフリルの夜着で拭った。

レオナルドはダンフォースの右手の中指にはめられていた、ノヴェロ王国の紋章入りの指輪を抜き取る。これが証拠になるだろう。

そのとき、幕の外が騒がしくなってきた。敵兵たちが異変を察知したのだ。

「中隊長、気づかれました。お早く」

部下が急かす声をかけてきた。レオナルドとマリオンは幕の正面ではなく裏側を剣で切り裂いて出た。部下たちと敵陣の中を駆け抜ける。

「侵入者だ！」

「殿下はご無事か？」

「起きろ！　総員、起きろ！」

蜂の巣をつついたような騒ぎの中、レオナルドたちは夜の闇に溶けようと裏の山へと向かった。

しかし夜が明けようとしていた。東の山の端がほのかに明るくなっている。雨脚も弱まっているようだった。想定より敵陣の裏側に出るまでに時間を食ってしまっていたのだ。

「殿下が！」

悲鳴のような声が遠くで聞こえた。ダンフォースの死体が発見されたようだ。

「あそこだ！　あそこに不審な輩が！」

見つかった。とたんに矢が飛んでくる。山の奥深くに逃げようとするが、雨に濡れた山の土がそれを容易にはさせてくれなかった。レオナルドはつぎつぎと飛んでくる矢を剣で薙ぎ払う。

「うっ」

最後尾についていた部下が呻き、よろける。背中に矢が刺さっていた。レオナルドは踵を返してその兵士の傷を確かめる。革鎧を貫通していたが、傷は浅いようだ。別の兵士に背負わせ、自分が最後尾につく。一人も部下を死なせたくない。

「マリオン、先に行け」

レオナルドは騎士服の隠しからダンフォースの指から抜いた指輪を出した。マリオンの手にそれを押しつける。マリオンは受け取りを拒んだ。

「私がしんがりを務めます」

「ダメだ。俺がやる。いいからこれを持っていけ」

「しかし――」

「いいから早く行け！」

レオナルドの怒声にマリオンが顔をしかめたが、命令に従ってくれた。傷を負った味方を交代で背負いながら山の奥深くへと逃げる。レオナルドはマリオンたちから距離を置き、バラバラに追ってくる敵兵を冷静に倒した。陣内が混乱したままで命令系統が狂っているのか、組織立った追撃ではない。

　やがて敵兵の気配がなくなった。それでも油断することなく剣を握ったままレオナルドは一人で山の中を進んだ。そのころにはすっかり日が昇り、あたりは明るくなっていた。

　馬を置いた場所にたどり着くと、そこにはレオナルドの愛馬だけが取り残され、不安そうに足踏みをしていた。レオナルドを見つけて「遅かったな」と不満を示すように鼻を鳴らす。レオナルドは剣を鞘に戻し、愛馬に「いい子で待っていたな」と褒めた。

　一瞬だけ、気を抜いた。そのときだった。

　ひゅっと空気を裂く音とともに背中に衝撃を受けた。どん、と続けてもう一度。

　背中に矢を射られたのだと察したと同時に全身から力が抜ける。地面に膝をついたレオナルドに、さらに矢が飛んできた。右大腿部にグサッと刺さる。激痛に呻きながら、背後から迫り来る複数の足音を聞いた。

（こんなところで……）

　死ねない。

　気力を振り絞って腰の剣をふたたび抜き、振り向きざまに敵兵を斬った。一人倒したが、あと二人もいた。よくここまで追ってきたと敵ながら褒めてしまいたいくらいだ。敵陣から山ひとつぶんも離れている。じりじりと距離を詰めてくる敵兵の目には怒りがこもっていた。仲間をたくさん殺したレオナルドをただでは済まさないと表情が語っている。

レオナルドは片膝を地面についた状態で動けなかった。立ちあがれないのだ。身動ぐだけで激痛が走る。背中に巨大な石を背負ったような感覚がして、上体を起こしていられなくなってきた。
（クソッ）
視界が暗くなってくる。おそらく貧血だ。矢傷から出血しているのだろう。くらりと目眩がして、片手を地面についた。

「中隊長！」

マリオンの声が聞こえたような気がしたが、幻聴だったかもしれない。レオナルドはその場に倒れて意識を失った。

◇

ノヴェロ王国軍が国境から兵を退いている――。そんな朗報がバウスフィールド家に飛びこんできたのは、レオナルドが王都を発ってから二カ月半も過ぎたときだった。

ドナルドからそれを聞いたジョゼフは、跳びあがるくらい喜んだ。

「では、ではレオナルドは王都に戻ってくるのですね」

この十日ほどは手紙が届いていなかったが、ケガを負ったとか病を得たとかの悪い知らせもない。大切な夫の身になにもないうちに戦争が終結してよかった。

「そうだ、戻ってくる。だがすぐにとはいかないだろう。隊ごとに順番だからな」

「それは、わかっています。ああでも、よかった」

ドナルドが行商人から伝え聞いた話によると、ノヴェロ王国軍の総大将だった国王の第五王子が死んだため、侵攻作戦自体が中止になったという。

「死んだというのは、最前線で王子が戦っていたということですか？」

「そのあたりのことはわからない。ただ亡くなったのは事実で、どうせもうすぐ冬になるから退却しようということになったのではないかな？」

ドナルドは詳細を知らなかったが、とにかく戦争が終わったのは本当のようだ。双方に死傷者が出たのは悲しいことだと思うけれど、レオナルドが無事に帰ってくるのは喜ばしい。

ジョゼフは夫が戻ってきたらなにをしてあげよう、休暇はもらえるのだろうか、とわくわくしながら待った。

二日後、ノヴェロ王国と停戦協定が結ばれたと、国から正式に発表があった。徐々に国境から兵士が帰還してくる。王都の雰囲気は明るくなり、酒場は賑わった。一部滞っていた流通が元に戻り活発になったため、バウスフィールド家はよりいっそう忙しくなった。

しかしレオナルドは帰ってこない。ジョゼフにはなんの連絡もなかった。家令が王国軍に問いあわせたところ、レオナルドの部隊はすでに半分以上が帰還を果たしていた。

「もしかしたら部隊の責任者である旦那様が、最後まで国境にとどまることになっているのかもしれません。事務上の手続きでしょうか」

家令がジョゼフの顔色を窺いながらそう言った。

「いままでもそうだったのか？」

この家令はかつてバウスフィールド家に仕えていた。レオナルド自身のことも、王国軍でのレオナルドの立ち位置についてもよく知っている。

「いえ、そんなことは……」

言葉を濁す家令に、ジョゼフはため息をついた。

いつレオナルドが帰ってきてもいいように、ジョゼフはバウスフィールド家には出かけず、毎日自宅にいることにした。二階建ての屋敷の中でもっとも高い場所にある屋根裏に入りこみ、そこの窓から門を見下ろす。レオナルドはきっと愛馬に跨がって、颯爽（さっそう）と駆けてくるだろう。それを一番に見つけたかった。

しかしレオナルドは帰らない。とうとう戦争終結の報を聞いてから二週間が過ぎた。

「なにかあったのかもしれない」

ジョゼフの呟きをスタンリーは否定できず、せめてもの慰めにと気持ちが落ち着く作用のあるハーブの茶を淹れてくれた。

その日、ジョゼフは食欲がなくて朝食はスープだけを飲み、屋根裏にこもっていた。窓から屋敷の門を見下ろす。出入りする者はいない。使用人や出入りの商人は裏口を使うので、正門を通るのはレオナルドとジョゼフだけだ。

ため息がこぼれる。何度も。

眼下に広がる庭園は、もう秋だ。落葉樹は紅葉し、はらはらと散っている。庭師がせっせと落ち葉を集めていた。落ち葉は堆肥にするのだそうだ。昼を過ぎ、スタンリーが「昼食はどうなさいますか」と様子を窺いに来た。

「あまり食欲がないから……」

「なくても少しはお食べにならないと体に障ります。旦那様がお帰りになったとき、窶(やつ)れ果てていては心配なさいますよ」

せめて果物でも、と言われているとき、屋敷の門に馬車が近づいてきたのが見えた。簡素な装飾の馬車だが、王国軍のものだとわかる印が車体につけられている。

「馬車？」

不審に思ったが、正門から入ろうとしているということは、王国軍からの正式な使者なのかもしれない。いやな予感に苛(さいな)まれながらジョゼフは急いで屋根裏部屋を出た。息を切らしながら階段を駆け下り、玄関へと急ぐ。

ジョゼフがたどり着いたとき、馬車は玄関前の車寄せにゆっくりと停まったところだった。

まず馬車から銀色の長髪が目立つマリオンが降りてきた。レオナルドの副官だ。彼はジョゼフに丁寧に頭を下げると、ふたたび車内に上体を入れてだれかに小声で話しかける。マリオンに手を引かれて出てきたのは――レオナルドだった。

ジョゼフをはじめ客人の出迎えに整列していた家令とスタンリー、その他の使用人たちが全員で息を呑む。レオナルドは騎士服を着ていたが、片手に杖を持っていた。どこかケガをしているのだ。動きがぎこちない。

レオナルドはマリオンに介助されながら馬車を降り、やっとジョゼフを見た。

「やあ、遅くなってごめん。ただいま」

バツが悪そうに笑ったレオナルドに、ジョゼフは感情が爆発した。

「遅い！」

腹から怒鳴ってしまった。レオナルドへ突進していき、衝動的に抱きつく。両腕をレオナルドの背中にぎゅうっと回した。頭上で「うっ」とレオナルドの呻き声が聞こえたが無視する。抱きついた感触が、若干痩せたような気がして涙がどっと溢れた。

泣きながらレオナルドの顔を見上げる。困ったように眉尻を下げている表情が、涙の膜の向こうでぼやけた。もっとよく顔を見たいのに。

「遅いです、ものすごく遅かったです。なにかあったのならどうして知らせてくれなかったのですか！」

「すまない。ちょっとケガをしてしまったものだから、治療していて――」

「だからなぜそれを知らせてくれなかったのかと言っているのです！」

「そんなに怒らないでくれ。悪かった」

「本当に悪いと思っていないでしょう！」

停戦してからずっとジョゼフは待っていた。ただひたすらレオナルドの帰りを待っていた。毎日、毎日、屋根裏の窓から門を見つめ、食事が喉を通らなくなるほどに、夫の帰りを待っていたのだ。

「あなたは、私の気持ちをまるで考えていない」

「いや、考えているけど」

「考えていたら知らせてくれていたはずです。それか、あなたの考えがまちがっているのです」

きっぱりと言いきったジョゼフに、レオナルドはほとほと困り果てたという顔で天を仰ぐ。

「どうすれば許してくれる？」

「許しません」

「ジョゼフ……」

許してやらない。このことは一生忘れない。一生許さない。だからレオナルドは、一生ジョゼフの横にいて謝り続けなければならないのだ。

「レオナルド」

ぐいっと夫の顔を下に向けさせて、ジョゼフはくちづけた。貴族の妻としての節度ある振る舞いなど蹴飛ばしてやった。玄関で、マリオンもスタンリーも家令も使用人たちもいる前で、ジョゼフはレオナルドにくちづけた。

目を丸くしているレオナルドに構わず、舌を絡める濃厚なやつをお見舞いしてやる。たっぷりとレオナルドの存在を確かめてから、唇を解いた。じっとレオナルドの顔を見つめる。そういえば、まだ言っていなかった。

「おかえりなさい」

帰ってきてくれて嬉しい。ケガを負ったみたいだけど自分の脚で歩いているし、元気そうで嬉しい。三カ月も離ればなれだったのに、変わらず笑いかけてくれて嬉しい。なにもかもが嬉しい。

そう言葉を尽くしたいのに、ジョゼフの唇は震えてしまい、まともな言葉を紡げそうにない。

「ううぅ」

また泣き出したジョゼフを、こんどはレオナルドが抱きしめてくれた。愛しい男の胸に顔を埋め、懐かしささえ感じる体臭を胸いっぱいに吸いこむ。

「愛している、ジョゼフ。帰ってこられて嬉しい」

万感がこもった囁きに、ジョゼフは何度も頷いた。

◇

家令とスタンリーの介助を受けながら、レオナルドは二階にある夫婦の寝室へと移動した。

「事前にお知らせをくださっていたら、一階に臨時の寝室をご用意いたしましたのに」

家令にも文句を言われ、レオナルドは「すまん」と謝るしかない。洗面室で顔を洗ってきたジョゼフは、家令に手伝われて騎士服を脱いでいるレオナルドを横目で見ながら、使用人にバウスフィールド家までレオナルドの帰還を伝えるように命じている。

「旦那様……」

裸になったレオナルドの体を見て、家令がため息をつく。ジョゼフはまた泣きそうな顔になっていた。背中と右太腿に巻いた包帯をじっと見ている。

「すぐに医師を呼びます」

「いや、もう傷は塞がっている。痛みもほとんどないし、あとは少しゆっくり療養して治すだけだから、医師は必要ない」

念のためにと軍医が処方した痛み止めの飲み薬は、マリオンが置いていった。消毒液や替えの包帯くらいいつでも購入できるし、父に頼めば持ってきてくれるだろう。

「軍医の診断では、療養期間はどれくらいですか。お休みはもらったのですよね？」

聞いてきたのはジョゼフだ。

「とりあえず二週間。だが事後処理をマリオンに任せてしまうのは心苦しいので、一週間くらいで復帰できないかと――」

「ダメです」

ドスの利いた声で被せられて、レオナルドは口を噤んだ。ジョゼフの目が据わっている。

「なにを言っているのですか。二週間の休みをもらったなら、きっちり二週間休んでください」

「あ、うん」

とりあえず頷いた。だが自分の体のことは自分が一番よくわかっている。戦闘によるケガもこれがはじめてではない。たぶん一週間くらいで普通に歩けるようになるし、乗馬も可能だろう。こっそり屋敷を抜け出して、王国軍の本部まで行ってしまえば――と考えていたら、ジョゼフがこちらを睨んでいた。

「よからぬことを考えている顔ですね」

「えっ」

思わず自分の顔を手で触ってしまう。

「療養期間中は私があなたを見張ることにします。しっかり休んでもらうために、目を離しませんからね」

宣言されて、レオナルドは「はい」と従順に返事をするしかなかった。

当分ジョゼフには頭が上がらない。いや、そもそも頭が上がったことなどないのだが。

負傷した件を知らせなかったのは、レオナルドにとってこのくらいのケガはたいしたことではなかったからだ。矢傷はたしかに深かったが毒矢ではなかったし、戻ってきてくれたマリオンのおかげで窮地を脱し、わりと早く治療ができた。しばらくの安静を言い渡されたので王都への帰還が少し遅れるだろうと予想できていたが、レオナルドは深刻に捉えていなかった。

まさかジョゼフがあんなに泣くなんて。びっくりした。

マリオンが何度か「知らせた方がいいのでは」と進言していたのを、ちゃんと聞いておけばよかった。王都でただ待つだけの日々がどれだけ辛いかなんて、その立場になったことがないレオナルドはわかっていなかったのだ。想像力が欠けていた。

ジョゼフは家令と相談してレオナルドの看護態勢を組み立て、てきぱきと使用人たちに命じている。背中を負傷しているレオナルドが着替えやすい寝間着を用意し、寝台から手が届く場所に水や手拭いなどいろいろと並べた。身動きが取れないほどの重傷ではないのだからそこまでしなくてもと言いかけては、レオナルドは言葉を呑みこむ。

あれこれと気遣ってくれるジョゼフの気持ちを、黙って受け止めた。

「そういえば、昼食は？」

「まだだ」

「では軽く用意させましょう」

ジョゼフはぴょんと飛びあがるように踵を返し、寝室を出ていく。直接、厨房へ指示を出しに行ったのだろう。スタンリーがちらりとレオナルドを見た。

「食欲は普通にありますか？」

「ケガだけだからな」

「では好きなだけ食べてください。ここのところジョゼフ様は心労のあまり食欲が減退していらっしゃいました。旦那様が元気に食べる姿を見せてくだされば、きっとジョゼフ様も食欲を取り戻されるでしょう」

まさかそこまでジョゼフに心配させていたのかと、レオナルドは驚いた。

「旦那様はジョゼフ様の愛情を軽く見すぎています。まさか愛しているのは自分だけと思っていたのでは？　とんでもないことですよ。ジョゼフ様ははっきりと愛情を表現していらっしゃったではありませんか」

スタンリーに苦言を呈されて、レオナルドは心の底から反省した。

しかし、まだ当分、軍を辞めるつもりはない。今後また戦場で負傷することがあったとき、いちいち妻に報告するのかと聞かれたら、かならずそうするとはいえない。

「命に別状がなければ黙っている可能性が高いぞ」

「まあ、そうでしょうね。騎士ともあろう男が、いちいち軽傷で騒いでいては部下に示しがつかないでしょう。ですが、重傷を負って身動きできないほどのときは絶対に知らせてください。私が責任を持って、ジョゼフ様を旦那様のもとへお連れします」

「連れてくるつもりか、戦場へ?」

ギョッとしたレオナルドに、スタンリーは平然と答える。

「当然です。ジョゼフ様は絶対に旦那様に一目会いたいと仰るでしょう。ジョゼフ様の願いを叶えることが、私の使命です」

本当に実行しそうで怖い。レオナルドはできるだけケガをしないようにしようと決意した。

「お待たせしました」

戻ってきたジョゼフは、ワゴンを押した使用人たちとともに寝室に入ってきた。寝台の上で食事できるように小さなテーブルが載せられる。そこに消化のよさそうな料理が何点も並べられた。

「ジョゼフ様もいっしょにここでお召しあがりになっては?」

「みんなにそう言われて、私のぶんも運んできた」

スタンリーに笑みを返し、ジョゼフは使用人が動かしたティーテーブルにおなじ料理を置いた。ふふふ、と笑いかけてくるジョゼフが猛烈に可愛い。泣いたせいか目元がほんのり赤くなっている。ちくりと胸が痛んだ。

レオナルドは寝台の上で、ジョゼフはその横で、昼食を取る。三カ月ぶりの自宅での食事だ。

懐かしく感じて、レオナルドはたくさん食べた。ジョゼフも食欲がなかったとは思えないほど、用意したぶんを残さず食べている。

「停戦が発表される十日ほど前から手紙が届かなくなっていたのは、ケガをして寝こんでいたからなのですね？」

確認されるように問われて、レオナルドはそれを渋々ながら認めた。

「寝こんでいたというかなんというか、まあ、手紙を書ける状態ではなかったかな……」

「それを寝こんでいたというのです」

「すまなかった」

「私がどれだけ気を揉んでいたか――」

ジョゼフが白い頬を不満そうに膨らませ、潤んだ唇を尖らせているのが可愛くてたまらない。

「給金は使わずに貯めたままか？」

「もちろん使っていません」

「だったら、そのうちまた市場へ行こう」

「連れていってくれますか？」

パアッとジョゼフの顔が明るくなる。

「串焼きが五十本も買えるくらい貯まったんだろう？」

「あの薄い果実酒と揚げた芋も食べたいです」

「腹いっぱいになるまで食べよう。その日は厨房に夕食はいらないと伝えておかないとな」

にこにこと満面の笑みになったジョゼフの目尻に、涙が滲んでいる。愛しくて、抱きしめたくなった。食器が載ったトレイを脇に避けてレオナルドが両腕を広げると、ジョゼフが胸に飛びこんできた。体重をかけられると少し傷が痛むが、たいしたことではない。生きているから痛いのだ。

「ジョゼフ、待たせてすまなかった」

「そうです。もっともっと反省してください」

「愛している」

レオナルドはジョゼフの顔中にくちづけの雨を降らせた。最後に唇を重ねると、スープの味がした。唇を解いてから、目を見合わせて笑いあう。日常に戻ってきたことが実感できて、レオナルドはもう一度、ジョゼフを抱きしめた。夢にまで見た愛しい妻だ。

「あ、そうだ、お薬を飲まないと」

サッと切り替えたジョゼフが、服用するなら食後という痛み止めの薬を出してくる。

「薬はもう飲まない。激しい動きをしなければもうそれほど痛まないし、飲むと眠気が来る」

「もう痛まないなんて嘘です。さっき私が抱きついたら呻いていたではないですか。服薬後に眠くなるなら、素直に昼寝すればいいのです」

ジョゼフに薬包を突きつけられ、レオナルドは仕方なく飲んだ。満腹後に眠気を誘う薬を飲んだものだから、三十分ほどでやはり眠くなってくる。レオナルドが続けて二回も欠伸をしたら、ジョゼフが寝室の窓のカーテンを半分ほど閉めて暗くしてくれた。

「ゆっくり寝てください」

「少しでも体を動かさないと鈍るんだが……」

「寝なさい。ちゃんと寝るまで私が見張っていますからね」

ジョゼフが鼻息荒く宣言して、寝台横の椅子に居座る。仕方ないなと目を閉じたら、レオナルドはそのまますうっと眠りに落ちた。矢傷を負ったあと高熱が出たり痛みでほとんど動けなかったりする日々が続いて何日も安静にしていたのに、昨日から今日にかけて国境から馬車で移動してきたのだ。体は疲労を感じていたのかもしれない。

自宅の寝台、しかもすぐ近くにジョゼフがいてくれる安心感からか、レオナルドは夢も見ずに深く眠った。どれほど時間がたっただろうか。ごく自然に覚醒して、レオナルドは目を開いた。頭がすっきりしている。仰臥したまま深呼吸をして、ふと体の右側に温もりを感じた。

ジョゼフがレオナルドの横に潜りこんで、すやすやと寝ていた。

白金の睫毛が美しい。目を閉じていてもその美貌はわかる。きれいだな、可愛いなとニヤニヤしながらレオナルドは妻の寝顔を見つめた。

寝室の扉が控えめにノックされ、スタンリーが姿を見せた。

「おや」

ケガ人の横で眠っているジョゼフを見つけ、スタンリーが苦笑いした。

「ここのところよく眠れていなかったようなので、旦那様が帰宅されて安心なさったのでしょう」

食欲が落ちただけでなく不眠にもなっていたらしい。妻を持つということは、やはり独身時代とはちがうのだなとレオナルドは反省しきりだ。

「もう少しこのまま寝かせておいてもいいか？」

スタンリーは頷き、水差しを交換しただけで退室していった。レオナルドはジョゼフの額に唇を寄せ、触れるだけのくちづけをする。さらさらとした手触りの白金の髪を指先で弄びながら、飽きることなくジョゼフを見つめ続けた。

レオナルドは自宅での療養生活に三日で音を上げた。

そもそも傷が治ってきたので国境からの移動に耐えられるだろうと軍医が診断し、王都に帰ってきたのだ。痛みは完全になくなっていないが、せめて屋敷の中だけでも歩き回って体を動かしたい。しかしジョゼフが監視員のごとくレオナルドの動向に気を配っているのでなにもできない。こっそりと家令に頼み、父親を動かした。

「レオナルド、義父上が私に頼みたい仕事があるというので、半日だけ行ってきます」

ジョゼフは渋々ながらバウスフィールド家へ行くことになった。さっそく策を講じてくれた父親には感謝する。

「私がいないからといってうろうろしないでくださいね。まだ安静にしているのですよ」

おまえは口うるさい母親か、という口調でレオナルドに念を押し、ジョゼフは出かけていった。ジョゼフを乗せた馬車を見送ったあと、レオナルドは動きやすい服に着替えて、庭で剣の素振りをはじめた。

全力で剣を振るうと背中と右大腿部が引き攣れるように痛むので、加減しながら体を動かす。やはり筋力の衰えを感じた。矢傷を負ってから二週間以上も剣を握っていなかったのだ。だが指先にまできちんと力が入るし、下半身は右太腿以外どこも異常がない。軍医の診断通り神経はどこも傷ついておらず、筋力の衰え以外の後遺症はどこにもないようだと安心した。地道に鍛練していけば、そのうち以前とおなじように動けるようになるだろう。

スタンリーが呆れた顔で眺めているので、「ジョゼフに告げ口するなよ」と口止めする。

「告げ口したい気持ちはおおいにありますけど、まあ、仕方がないですね。もう旦那様はじゅうぶんに回復なさっています。ジョゼフ様がやりすぎだと私も思いますから」

そう言って、口を噤んでくれた。

ジョゼフはそれから数日のあいだ、バウスフィールド家へ出かけることになった。

「私が休んでいたあいだ、ずいぶんと書類仕事が滞っていたようで、義父上に迷惑をかけてしまいました」

帰宅したジョゼフはしょんぼりと項垂れ、ドナルドに言われたことを報告してくれた。

「レオナルドは王国軍所属の騎士で、今後も国のために戦地に赴くことがあるだろう。いちいち妻がうろたえてはいけない。心配なのはわかるが、淡々といつもと変わらない生活を続けることこそが、軍人の家族の務めだと思うよ」

そんなふうにドナルドに諭され、ジョゼフはこの数カ月の自分の言動を顧みて、おおいに反省したらしい。自身の父親が騎士で、息子も騎士になったドナルドらしい言葉だ。ドナルドは置いていかれた女たち——祖母や妻や妹たち——を家庭内で長い間支えてきたのだ。

「私はあなたが留守のあいだ、この屋敷を守らなければならない立場です。それなのに自分のことばかり考えていました。家令がしっかり使用人たちをまとめてくれたので何事もなかっただけです。妻としても、一家の女主人としても、落第です」

しおしおになってしまったジョゼフを抱きよせ、レオナルドはこんなときはどうやって慰めればいいのかと悩んだ。『気の利いた言葉全集』なるものがほしい、と切実に願ってしまう。

「その、ジョゼフはまだ新人だ。結婚して半年にしかならない、妻としての新人」

「新人……？」

きょとんとした顔のジョゼフに、レオナルドはなんとか言葉を捻り出す。

「結婚して半年のうち夫と暮らしたのは三カ月で、あとの三カ月は離ればなれだった。夫が戦地へ行くのもはじめての経験だったわけだから、父のように泰然と構えられないのは当然だと思う。そのうち俺がどこへ赴任しても動じなくなるさ」

励まそうとしたのだが、ジョゼフはムッと唇を尖らせた。

「あなたがどこへ行っても動じなくなる自分にはなりたくありません」

「あ、そう？」

「離ればなれになっても気にしないなんて、そこに愛情はあるのですか？　私はいつまでも、いくつになっても、レオナルドといっしょにいたいと思う自分でありたいです」

あまりにも可愛いことを言うので、レオナルドはジョゼフを抱きしめて唇を重ねた。柔らかな唇と舌は蕩けるように甘くて、執拗に口腔をまさぐっていると体温が急上昇していくのがわかる。情動が膨らんでいくのがわかった。

帰還してからまだ一度も閨事がない。夫婦の寝台でいっしょに眠っているのに手を出すことを禁じられ、レオナルドは眠れぬ夜を過ごしている。理由はただひとつ、レオナルドがケガ人だからだ。

だが、もういいだろう。このままジョゼフを寝台に引きずりこみたい、とレオナルドは欲望が高まったが、肝心の妻が拒否した。

「まだダメです」

頬を赤く染めて金色の瞳を色っぽく潤ませながら、ジョゼフは非情なことを言う。

「俺はもう治ったぞ」

「では、一週間後から再開しましょう」

「一週間？　せめて三日にしてくれ。俺はもう準備万端だ」

「……わかりました、三日後で」

ジョゼフが約束してくれた。いますぐ抱けないのは辛いが、三日後と決めてくれたのなら、律儀なジョゼフのことだ、約束を違えるまねはしないだろう。

このとき、レオナルドはジョゼフがどうして数日の猶予をほしがったのか、深く考えていなかった。

そんな会話をした翌日の朝ことだった。

バウスフィールド家に行くジョゼフを玄関まで出て見送ろうとしていたとき、王家からの使者がやってきた。驚きながらもレオナルドが対応し、伝言を受け取る。王家の紋章入りの便箋には、王太子の第一王子アンドリューと第二王子ユリシーズの連名で今日の午後にこの屋敷を訪問するとあった。

「殿下お二人が？」

ジョゼフと顔を見合わせ、レオナルドは目を丸くした。思わず家令を振り返る。家令が青ざめているのを、レオナルドは気の毒に思った。

バウスフィールド家は貴族といっても家格の低い男爵家だ。しかも祖父が存命のためレオナルド自身は爵位がなく、騎士でしかない。まさかそんな屋敷に王族が来るとは——。想定していなかったとはいえ、断れるわけがない。

「承（うけたまわ）りました。お待ちしておりますとお伝えください」

そう返事をすると使者は丁寧に礼をして去っていった。

「今日の外出は取りやめにします。義父（ちち）上にだれか伝えに行ってくれないか」

ジョゼフはすぐに決断し、使用人に声をかけた。レオナルドはなにをしていいのかわからずにオロオロするだけだ。午後と明記してあったのでお茶の時間だろうと、ジョゼフは家令とスタンリーと相談してサンルームに通すことに決めた。

「おそらく、あなたが帰還したので私たち夫婦の様子を窺いに来られるのでしょう。湯浴みをして髭（ひげ）をあたって、騎士服に着替えておいてください」

ジョゼフに指示を出され、レオナルドはその通りにした。

使用人たちはいつも屋敷の中をきれいに保ってくれているが、あらためて念入りに掃除がされることになった。

あいにくと庭の花はすべて終わっていたため、メイドに花を買いに行かせる。茶葉はジョゼフの好みに合わせて豊富に買い置きがあるので大丈夫。菓子が足らないと、厨房が昼食の準備をそっちのけで焼き菓子を作りはじめる。もしかして殿下二人が庭を散策するかもしれないと、庭師は汗まみれになりながら落ち葉を掃き、人工池の掃除をした。

ジョゼフはテーブルクロスをどれにするか、メイド長と真剣な顔で話し合っている。

「王族を迎え入れるのは大変なことなんだな」

他人事のように呟いたレオナルドを、ジョゼフがキッと振り返る。

「そうです、大変なことです。些細なことがあなたの落ち度になりかねません。ここはあなたの屋敷なのですから」

言いきったジョゼフが、最高に格好よく見えた。侯爵家出身としての矜持があって王子たちを精一杯もてなそうとしているのではなく、どうやらすべてはレオナルドのためらしい。ついニヤニヤと顔が緩んだ。

「なにを笑っているのですか。湯浴みと着替えが済んだのなら、あなたはここに座っていてください。あまりうろうろするとみんなの邪魔になります」

ジョゼフに「ここ」と指定されたソファに座り、レオナルドはおとなしくすることにした。

昼食は焼き菓子の試食で終わり、午後三時前に二人の王子がやってきた。

王家の紋章の装飾がついた美麗な馬車が車寄せに停まり、まずユリシーズが降りてくる。髪と瞳の色は平凡な茶褐色だがすらりとした美丈夫(びじょうふ)で、洗練された物腰の青年だ。まだ二十二歳とは思えないほどの威厳がある。

「やあ、ジョゼフ、ひさしぶりだ。突然、すまないね」

ユリシーズは気さくな口調でジョゼフに声をかけた。

続いて馬車から降りてきたアンドリューも、嬉しそうな笑顔でジョゼフに挨拶した。こちらの王子は一目で王家の血筋とわかる金髪碧眼。しかし顔立ちは平凡で体格はやや丸い。威厳は弟ほどないが、聡明で優しい性格は好感が持てる。

二人ともレオナルドに対しては儀礼的な言葉しかない。それは当然なのでとくに思うことはなかった。レオナルドはこの王子たちと、それほど親しく付き合ったことがない。二人はジョゼフに会いに来たのだ。

玄関で出迎えたあとサンルームに案内し、四つの椅子に囲まれた丸いテーブルに着席する。

「新婚夫婦にふさわしい、住みやすそうな屋敷だね。そう思わないか、ユリシーズ」

「そうですね、兄上。手入れも行き届いています。使用人たちの心根もよさそうだ。雰囲気でわかるものだよ」

「ありがとうございます」

まず屋敷と使用人を褒めてもらえて、レオナルドとジョゼフは顔を見合わせて安堵した。もう父親には感謝してもしきれないほどだ。

朝から試作をくりかえした厨房特製の焼き菓子と、ジョゼフが厳選した茶葉で淹れたお茶がテーブルに並べられる。

「うん、いい香りのお茶だ。さすがジョゼフだな」

「この焼き菓子も美味しい。この屋敷の料理人は腕がいいね」

王子たちに最高の賛辞をもらえたと伝えたら、きっと厨房の担当者たちは飛びあがって喜ぶだろう。

その後、王子たちは口々に、国境でのレオナルドの活躍を褒めてくれた。

「そなたの働きで早期に決着がついたと聞いたぞ」

アンドリューが柔らかな笑顔でそう言うと、ユリシーズが頷く。

「バウスフィールド自身が敵陣深くに入りこみ、ノヴェロ王国軍の総大将を討ったらしいな。素晴らしい勇気と腕だ。おかげで早々に敵が退いた。長引けばそれだけ軍費がかかるし人的被害も多くなる。そなたの功績は大きい」

なにも聞いていなかったジョゼフは唖然とした顔でレオナルドを見てきた。

「あなた自身が敵陣深くに？　ええ？　なぜそんなことを？　将軍に命じられたのですか？」

「いや、俺が提案した」

「なぜあなたが」

「その……早く終わらせて帰りたかったから。ここに」

正直に答えたらジョゼフが呆れた目でまじまじと凝視してくる。ユリシーズはカップを口に運びながら面白そうにこちらを眺めていた。

「そのときに、背中と脚に矢傷を負ったのですね」

「成功したんだからいいだろう。ケガがそれだけで済んでよかった」

「よくないです。それで帰りが遅くなったではないですか。当たり所が悪ければ命に関わっていたでしょう。そんな無茶はもうしないでください」

ジョゼフの目が吊りあがり、本気の怒りの表情になった。王子たちの面前だというのに、初耳の作戦に怒りを覚えたのはわかるが、勘弁してほしい。

「どうして帰ってきたときに話してくれなかったのですか。殿下がいま話してくださらなかったら、私はずっと知らないままでした」

「そうやって怒るだろうから黙っていたんだ。いいじゃないか、きっと昇進する」

「私はあなたに出世してほしいなどと一度も言ったことはありません」

「じゃあ俺が出世しても喜んでくれないのか」

「いいえ、喜びますけど……」

ジョゼフはもごもごと歯切れが悪くなる。

「だって出世はあなたの頑張りの証しではないですか。正当に評価されたのなら、嬉しいに決まっています」

複雑な胸中を正直に言葉にしながらも、ジョゼフは不服そうに唇をツンと尖らせる。可愛らしい表情に、レオナルドはぐっと喉を詰まらせた。いまここで抱きしめたいほどの愛情がこみあげてきているが、王子たちの目がある。手を伸ばしたくても伸ばせず、テーブルの下で両手をわきわきと動かすにとどめた。

「レオナルド、今後は戦場でなにかあったとき、隠さずにぜんぶ話してください」

「え？　それは約束できない。軍事機密もあって、話せないこともあるから」

「だから話せる範囲内でいいです」

「……困ったな。約束できない」

「こういうときは、一応でもいいから頷いておくものですよ」

「俺は嘘が苦手だ。とくにジョゼフに対して嘘なんてつきたくないから約束しない」

「もう、融通が利かない人ですね！」

ジョゼフがプンプンと怒って声を荒らげたところで、ユリシーズが吹き出した。急いでカップをソーサーに戻し、腹を抱えて笑っている。

「面白いな、そなたたち。こんな夫婦もあるものなのか。言いたいことを言いあえるのは、それだけ信頼関係が成り立っているということなのだろうよ」

ユリシーズが目尻に滲んだ涙を指先で拭った。そんなにおかしかっただろうか。

「殿下の面前だということを失念しておりました。申し訳ありません」

ジョゼフが慌てて頭を下げる。レオナルドもそれに倣い、テーブルに額がつくくらい頭を下げた。

「いい、いい。そなたたちの素が見られてよかった。結婚して半年。そのうち半分の三カ月間もバウスフィールドは国境にいた。さらに傷を負って帰ってきた。どうしているかと心配になって様子を見に来たのだが――。安心したよ。とてもうまくいっているようだ」

　ユリシーズが言葉通りに柔らかな笑みを向けてくれる。

「兄上も、安心なさったでしょう」

　ユリシーズに問われたアンドリューは、「そうだね」と静かに頷いた。どこか痛いような微妙な笑顔でジョゼフを見つめる。

「ジョゼフ、とても幸せそうだ。家同士が決めた結婚でも、そなたたちのように仲睦まじく生活していけるものなのだな。手本を見せてもらえたようで、私はなんだか気が楽になったよ」

　アンドリューの声には、どこか諦念が含まれているように感じた。しばらく視線を落としてなにか考えていたアンドリューだが、ふたたびジョゼフを見たときにはなにかがふっきれたような表情になっていた。

「ここだけの話だが」

　そう前置きしたアンドリューは、口元に微笑を浮かべた。

「戦後処理が一段落したら、私の婚約が発表されることになっている」

「それは、おめでとうございます」

　ジョゼフが喜色を浮かべて祝辞を述べると、アンドリューは「ありがとう」と応えた。

「お相手はどなたかお伺いしても？」

「リーコック侯爵家の二女、プリムローズ嬢だ」

「存じあげております。たしか私と同い年で、今年成人したばかりの令嬢ですね」

さすが社交界に精通しているジョゼフは、名前を聞いただけでだれなのかわかったらしい。

「私とずいぶん歳が離れているので、話が合うのかと心配していたのだが……。そなたたちの方が離れているな」

「そうですね。私たちはちょうど十歳離れています。殿下、年齢差など関係ありませんよ。大丈夫です」

ジョゼフが励ますように言うと、アンドリューは「そうか」と頷いた。

「正式な発表があるまで、内密に頼む」

「もちろんです」

ジョゼフとレオナルドは他言しないと王子たちに誓った。

二人はあまり長居せず、ほどなくして席を立った。国政に携わっているので、戦後処理のこともあり多忙らしい。多少の無理をしてでもジョゼフの様子を見たかったのか、とレオナルドは引っかかりを感じた。

それがなんなのか気づいたのは、去り際のアンドリューが別れがたそうな顔でジョゼフの手を握ったときだった。

「また、会えるだろうか」

「殿下はこれから結婚を控えて、より多忙になられるでしょう。私のような者があまり離宮を出入りしては、殿下の生活を乱してしまうかもしれません。国の公式行事には夫と二人でかならず出席します。その折にはお声をおかけください」

やんわりと個人的にはもう会わないとジョゼフが言ったのだと、レオナルドにもわかった。

「そうか、そうだな」

うんうんと小さく頷くアンドリューは、寂しそうだった。そんな兄を、ユリシーズが馬車へと促す。兄を馬車に座らせた弟は、ジョゼフを振り返った。

「では、またそのうちどこかで会おう。今日は突然の訪問にもかかわらず、歓待をありがたく思う。二人とも、末永く幸せに暮らしてくれ」

しっかりと目を合わせて、ユリシーズは囁く声で「本当に今日はありがとう」とレオナルドとジョゼフに感謝を述べた。その深意を、レオナルドは正確に受け取れたと思う。

去っていく王家の馬車を、そのまま玄関で見送った。

見えなくなってから、ジョゼフがひとつ息をつく。

「あー、疲れました。朝からバタバタと。何事もなくお帰りになってくださってよかった」

「そうだな、よかった」

レオナルドはなんとなくジョゼフと手を繋ぎ、庭の散策へと誘った。せっかく庭師がはりきって掃除をしたのだ。王子たちは庭に出ることなく帰ってしまったが、せめて主夫妻がその成果を確かめておこう――という口実で。

レオナルドはただジョゼフと歩きたかっただけだ。

(ジョゼフはユリシーズ殿下に可愛がられてはいたが、アンドリュー殿下には愛されていたのだな……。そしてそれは、だれにも望まれていない想いだった。ジョゼフ本人にも)

王家主導の政略結婚がなぜ企まれて成立したのか、その理由がやっとわかった。

「秋の庭もいいものですね」

少し肌寒いが気持ちのいい風が吹いている。花壇に花はなく、なにも植えられていない場所が多い。けれど池には渡り鳥が何羽か翼を休めていて、賑やかだった。

「そうだな。秋の庭もいい」

「冬はどうでしょう」

「君といっしょなら、どの季節でもいいと感じるだろう」

本心を口にしただけなのに、ジョゼフが「おや?」という感じで片方の眉だけを上げた。

「どうしました。女性を口説くような台詞を言うなんて」

からかわれてレオナルドはムッとした。

「もう二度と言わない」

「そうですか。残念です。たまになら許容範囲でしたのに」

「……それはまた言われたいということか」

「二度と言わないのではなかったのですか」

「君が望むなら言ってもいい」

「主体性が欠けていますね」

ツンと顎を反らすジョゼフが可愛い。レオナルドはもうジョゼフになにを言われようが、可愛くてたまらなくなっていた。

（もう我慢できない）

約束の三日後は明後日だが、レオナルドは耐えられそうになかった。

湯浴みを終えて、ジョゼフは夫婦の寝室へ行った。すでに明かりのほとんどが落とされ、薄暗い中、寝台にはもうレオナルドが座っていた。寝台横にひとつだけランプが灯っている。

「お待たせしましたか」

「いや、たいして待っていない」

ジョゼフは寝台に上がった。今日は王子たちが急に訪問してきて忙しく、気疲れもしたので、レオナルドはきっと早く眠りたいだろう。ジョゼフはいつものように手を繋ぎ、並んで横たわろうとしたら、レオナルドが覆い被さってきた。

真剣な顔が近づいてきて、ジョゼフにくちづけてくる。就寝前のくちづけにしては、いささか雰囲気が重い。

「レオナルド？」

「今夜、だめか？」

えっ、とジョゼフは固まった。約束した三日後は今夜ではない。ジョゼフは約束を違えるつもりはなかったので、その日に向けて準備をしていたのだが。

「今夜、いまから、ですか？　でもあの、私は――」

「いやなのか」

悲しそうな顔をされて、ジョゼフは「いやではありません」と慌てて否定する。いやではないが心身ともに準備ができていない。どうしよう、と戸惑っているうちにレオナルドがジョゼフの夜着を脱がしはじめた。困りつつも、約束の日まで待てなかったレオナルドが愛おしく感じる。

「背中の傷は痛みませんか？」

「もう治った。一晩中でも動けるぞ」

それは勘弁してもらいたい。

王子たちの訪問で気疲れしたジョゼフとちがい、レオナルドはどうやら元気いっぱいだ。横たわったジョゼフを見下ろしながらレオナルドも裸になる。胴体と右脚にはまだ包帯が巻かれていたが、傷がもう塞がってかなり治癒してきていることを毎朝包帯を交換して傷薬を塗っているジョゼフは知っていた。

「ジョゼフ」

嬉しそうに体を重ねてきたレオナルドの背中に、ジョゼフも腕を回した。包帯の手触りが邪魔だと思いながらも、きっとこの包帯も仕事に復帰するころには必要なくなるだろうと、夫の回復力を頼もしく感じる。

重なってきたレオナルドの唇を、ジョゼフは薄く口を開けて受け止めた。すぐに舌を絡め、おたがいの存在をたっぷりと確かめる。のし掛かってくるレオナルドの重みが懐かしい。三カ月ものあいだ、よく離れていられたなと自分に感心するほど胸が熱くなった。

こんなふうに抱きあいたかった。生きてここにいるレオナルドに感謝しながら、深いくちづけを堪能する。腰のあたりに押しつけられた固いものは、レオナルドの一物だ。すでに臨戦態勢で火のように熱い。

唇を解いたあとにレオナルドはジョゼフの首筋を舐め、鎖骨に吸いつきながら胸の飾りを指で弄った。痺れるような快感が駆け抜け、「ああっ」と濡れた声が漏れた。大きな手で脇腹を撫で下ろされ、脚の付け根のあたりをまさぐられる。期待が高まり、ジョゼフの性器も勃ちあがっていた。

レオナルドがいなかった三カ月のあいだ、ジョゼフは性欲をほとんど感じなかった。帰ってきたレオナルドが傷を負っていると知ったときも。

けれどいま、傷が癒えたレオナルドに組み敷かれて愛撫をほどこされ、触れられたところすべてが気持ちよくてたまらない。全身にしっとりと汗をかくくらいの熱に包まれている。

「あ、んっ」

性器をやんわりと握られて蕩けそうになる。少し癖のある黒褐色の短い髪に指をうずめ、頭を引き寄せた。レオナルドの唇にかじりつくと、お返しとばかりにジョゼフも唇を噛まれた。

「あ、あ、あ、だめ、そんなにしたら……」

勃起したものをやわやわと揉まれ、ジョゼフはすぐ達してしまいそうになる。自覚していなかったが、ジョゼフも健康な青年だ、長い禁欲生活のあいだに溜まっていたのだろう。レオナルドは「早いぞ」と笑いながらそこから手を離し、ジョゼフの尻に狙いを定めた。

「ん？」

尻の谷間に指を潜りこませてきたレオナルドは、そこが柔らかくぬかるんでいることに気づいたらしく眉根を寄せた。

「どうしたんだ、これは？」

尋ねられて、快感に意識を半分持っていかれていたジョゼフは我に返った。

「あの、レオナルド……じつはその、こんどこそあなたのすべてを受け入れたいと思い、淫具で後ろを解す訓練を再開していたのです。お約束の三日後までにはなんとか……と思っていたのですが、まだ道半ばです」

羞恥を堪えてジョゼフは告白した。ぴたりと動きを止め、レオナルドが顔を上げる。目を丸くしていた。

「例の淫具で、自分の後ろを？」

「はい……。さきほど湯浴みの最中にも少し」

すでに一番太い淫具を挿入できるようにはなっている。

はじめてレオナルドに抱かれたときは三番目の太さまでしか挿入できていなかったので、夫の怒張のすべてを腹の中におさめることは難しかった。ジョゼフにケガをさせまいと、レオナルドは性器を根元まで挿入せず、半分くらいで我慢してくれた。

そんな性交でもレオナルドはしっかり快感を得ている、受け入れようとするジョゼフの気持ちを感じて嬉しいと言ってくれていた。結局、レオナルドが国境へ行くその日まで、完全に体を繋げることはできなかったのだ。

それがジョゼフはずっと心に引っかかっていた。だからふたたび淫具での訓練をはじめていた。

「そんなこと、無理にしなくともいいのに」

「いいえ、私があなたと完全に繋がりたいのです。ですからもうしばらく猶予がほしかったのです」

「そうだったのか」

苦笑いしたレオナルドがジョゼフから身を退こうとした。

「今夜はやめておこう。ジョゼフの気遣いと努力を無駄にするところだった。すまなかったな」

「えっ……。待って」

ジョゼフは上体を起こそうとしたレオナルドにしがみつき、引き留めた。もうジョゼフはその気になっていたのだ。訓練が途中だと告白したのは、たんなる経過報告だ。むしろ、いままでよりももうちょっとだけなら深く繋がれるかもしれないと伝えたかった。

「こんな状態で中断するなんて、私はいやです。あなたもそうでしょう?」

はち切れんばかりに欲望を溜めているレオナルドの性器を、ジョゼフはきゅっと握った。うっ、とレオナルドが呻く。すでに先端からだらだらと先走りの液をこぼしているのだ。そう簡単におさまりがつくとは思えないし、我慢させたくない。

「入れてください。私の中に、どうか」

「ジョゼフ」

「お願いします。お願い」

瞳を潤ませてジョゼフは縋りついた。二人とも全裸だ。ジョゼフが誘うように両脚をレオナルドの腰に擦りつけ、腰をくねらせて見せる。拙(つたな)い誘惑に乗ってくれるかわからなかったが、ジョゼフなりに必死なのだ。

約束の夜は明後日だけれど、今夜もうその気になってしまった。このあと、寂しく自慰なんてしたくない。

「一番太い淫具でも、レオナルドのこれよりも細いのです。だからそれとあわせて一番細いものも挿入できればきっと受け入れられると、考えたのですが」

「なんと、二本の淫具を一度に？」

レオナルドが鼻息を荒くしてジョゼフの後ろに指を這わせてきた。淫具の挿入の名残で少し緩んでいたうえに香油が残っていた窄まりは、レオナルドの指をやすやすと受け入れる。

「ああ、柔らかい」

指はすぐに二本に増やされた。すでに感じるところは暴かれている。腹側のしこりを指で撫でられて、ジョゼフは「ああっ」とのけ反った。さらに指が増やされて三本になっても、ジョゼフに痛みはなかった。

「痛くないか？」

「大丈夫、です。あっ、ん、ああ」

痛みどころか、ひさしぶりにそこをレオナルドに嬲（なぶ）ってもらえて、体が歓喜している。節くれだった指に粘膜が絡みつくようだ。もう片方の手の指が追加され、指は四本になった。ジョゼフのそこは柔軟に受け入れている。粘膜がもっと大きくて確かなものを求めているのがわかった。

指では足りない。レオナルド自身がほしい。飢えを感じた。こんなことははじめてだ。きっと、心の底から、ジョゼフはいま愛する男と体を繋げたいと思っているのだ。

「レオナルド……きてください」

懇願に近かった。指を食むように蠢く粘膜が、切なくてたまらない。レオナルドの喉がごくりと鳴った。

「本当にいいのか」

「はい」

陶然とした目でレオナルドを見る。レオナルドがそこから指を抜き、剛直の先端を押しあてた。ぐっと入りこんできたものを、ジョゼフの粘膜はいっぱいに広がって頬張ろうとする。

「あ……あ、あ、ん、あ」

「くっ」

ゆっくりと、ジョゼフを気遣いながら挿入してくれるレオナルドの額に汗が滲む。開かれていく圧迫感の中に、やはり痛みはあった。けれど快感もある。なによりも心が喜んでいた。

「ジョゼフ……！」

「あうっ」

ぐっと力強く押し入ってきたレオナルドの剛直が、はじめて暴く最奥にたどり着いた。さざ波のようにそこから快感が広がっていく。